Irene Rang

Veilchen in der Wüste

Die Geschichte einer Freundschaft

Gewidmet meinem Vater W. Kirchhoff,
der durch seine Erzählungen schon sehr
früh das Interesse an fremden Ländern und
Kulturen in mir geweckt hat.

Einleitung

„Guten Morgen, Mutti! Wie siehst du denn aus ? Als ob du Zahnschmerzen hättest."
„Ich sehe nicht nur so aus, ich habe Zahnschmerzen!"
Bedauernd schaute meine Tochter mich an und griff gleich zum Telefon.
„Heute um 15.00 Uhr hast du einen Termin bei Dr. Hanschen. Robin wird dich hinbringen." Robin war mein 10-jähriger Enkel, der mir sehr ans Herz gewachsen war und mir viel bedeutete.
„Du brauchst keine Angst haben, Oma. Dr. Hanschen ist sehr vorsichtig", sagte er und schaute mich dabei aus seinen großen, hellblauen Augen an. Womit er Recht hatte, wie ich nach abgeschlossener Behandlung feststellte.
Als ich zurück ins Wartezimmer kam, überfiel mich mein Enkel mit der Frage:
„Oma, wer sind die Tuareg?"

Völlig überrascht schaute ich ihn an. Doch dann fiel mein Blick auf das GEO-Heft, das er in der Hand hielt. Daher die Frage.

„Weißt du, Robin, das ist eine längere Geschichte. Die erzähle ich dir, wenn wir wieder zu Hause sind.

Am Nachmittag saßen wir gemütlich am Tisch und spielten Skibbo. Plötzlich legte Robin entschlossen seine Karten auf den Tisch.

„Oma, du wolltest mir doch erklären, wer die Tuareg sind!"

Richtig, daran hatte ich gar nicht mehr gedacht.

„Die Tuareg sind Nomaden und leben in der Wüste Sahara, und zwar in dem Teil der Wüste, den man „Sahel" nennt. Agadez, eine alte Handelsstadt, ist ihre Hauptstadt und liegt am Südrand des Air-Gebirges.

Die Tuareg sind sehr stolz. Das Besondere an ihnen ist ihre Kleidung. Ihre Turbane und Umhänge sind tiefblau. Deshalb werden sie auch „ die blauen Reiter der Wüste" genannt.

Sie sind Muslime, Viehzüchter und sind sehr sozial eingestellt.
Und, stell dir vor, sie haben ihre eigene Schrift!
Noch irgendwelche Fragen?", beendete ich lachend meinen kleinen Vortrag.
„Danke, Oma, du hättest Lehrerin werden sollen", antwortete Robin schlagfertig.

„Erzählst du mir von den Tuareg, Oma?!"

Und hier beginnt nun die Geschichte von Malik, dem Targi, Maleika, seiner Frau, seinen Kindern, dem alten Jussuf und dem ganzen Stamm.
Und dann ist da noch Iris, eine Völkerkundlerin aus Deutschland, der Malik das Leben rettete und die seitdem eine tiefe Freundschaft verbindet.

.

Ali

Reglos saß Malik auf seinem weißen Reitkamel und schaute in die Unendlichkeit der Wüste. Er war der Stammesfürst der Tuareg. Er war groß und stark, seine Haut dunkel und seine Augen fast schwarz. Vor allem aber war er stolz, wie alle Tuareg. Neben ihm saß Omar, sein Sohn. Die beiden waren in Agadez, der Hauptstadt der Tuareg gewesen und hatten dort Geschäfte erledigt. Jetzt waren sie auf dem Weg zurück in ihr Dorf.

Es bereitete Malik Sorgen, wenn er an die vielen fremden Menschen dachte, die sich in letzter Zeit in Agadez herumtrieben.

„Sieh mal, Vater", sagte Omar plötzlich und riss Malik aus seinen Gedanken.

„Da hinten", er zeigte mit ausgestreckter Hand nach vorn, „da bewegt sich doch etwas, da muss etwas sein!"

Natürlich hatte Malik das auch schon beobachtet. Er zog seinen Schleier, den er gelöst hatte, wieder fest vor sein Gesicht.

„Komm", sagte er zu seinem Sohn und trieb sein Reitkamel zur Eile an. Omar tat es ihm nach. Als sie eine Weile geritten waren, konnten sie einen jungen Mann erkennen, der sich mühsam durch die Wüste schleppte. Geschmeidig glitten Malik und Omar von ihren Kamelen. Sie versorgten den jungen Mann mit Wasser und gaben ihm zu essen. Als er sich etwas erholt hatte, erfuhren sie dann die traurige Geschichte.

Es handelte sich um einen Berberjungen, wie man auch an seiner etwas helleren Hautfarbe erkennen konnte. Er erzählte, dass sein Stamm von Banditen überfallen worden sei und er sich als einziger habe retten können. Ja, und da war er nun und trug nur noch Fetzen am Leibe. Sonst hatte er nichts mehr, nur noch seinen Namen - Ali.

Omar nahm Ali zu sich auf sein Kamel und zu dritt traten sie den Heimweg in das Tuareg-Dorf an.

Es war schon sehr spät, als sie endlich ankamen, und sie wurden bereits sehnlichst erwartet. Maleika, Maliks Frau, bereitete Tee und dann erzählten die drei Männer, was sie erlebt hatten. Wahrscheinlich würde Ali bei den Tuareg eine neue Heimat finden. Aber bevor dies endgültig entschieden wurde, wollte Malik noch den alten

Jussuf befragen; denn im Dorf geschah nichts ohne dessen Einwilligung.

Aber auch Jussuf, der nicht nur sehr alt, sondern auch sehr gütig war, war der Meinung, dass man Ali nicht sich selbst überlassen durfte.

So kam es, dass Ali bei den Tuareg eine neue Familie fand und Omars Freund wurde.

Warm angezogen, wie es erforderlich ist, wenn man im Monat März angeln geht, saß ich – zusätzlich in eine warme Wolldecke eingewickelt - in einem Plastiksessel und schaute auf die stille Oberfläche des Forellen-Teiches. Robin stand am Uferrand und hatte drei Angelruten ausgelegt. Meine Aufgabe bestand nun darin, sofort Meldung zu machen, wenn das Wasser in Bewegung geriet und eine der Posen wackelte. Eine sehr verantwortungsvolle Aufgabe! Beim ersten Mal hatte ich noch ein Buch mitgenommen. Aber, naja!

„Oma, was haben wir es doch gut. Wir haben so viel Wasser. Wenn ich da an die Tuareg denke, nur Wüste, Sand und kein Wasser. Die tun mir ehrlich leid", meldete sich plötzlich mein Enkel zu Wort.

„Na, ganz so ist es nun auch nicht, auch in der Wüste gibt es Wasser. Man muss es nur finden."

Der Umzug

„Maleika", sagte Malik, „ich mache mir Sorgen. Ich habe in Agadez viele Fremde gesehen und ich habe Angst, dass sie Einfluss auf unser Leben nehmen, vor allen Dingen auf die jungen Leute. Ich glaube, es ist besser, wenn wir für unseren Stamm einen neuen Platz suchen. Die Sahara ist groß und weit."

Umherzuwandern ist für die Tuareg nichts Ungewöhnliches. Sie sind Nomaden und daran gewöhnt.

„Wenn Du meinst", sagte Maleika. „Aber ich würde dir raten, vorher mit Jussuf zu sprechen."

„Genau das habe ich vor", entgegnete Malik.

Und so ging Malik am Abend zu Jussuf und sprach mit ihm über seine Sorgen. Niemand wusste genau, wie alt Jussuf eigentlich war. Er war eben sehr alt. Seine dunkle Haut war von der Sonne gegerbt und er sah aus wie eine runzlige, alte Kartoffel. Seine Arme und Beine waren dürr und seine Gestalt gebeugt und knochig. Aber seinen schwarzen Augen entging nichts und sein Verstand war klar und rege. Und weil er so alt war, hatte er auch schon viel erlebt und war sehr weise. So war es nicht verwunderlich, dass man ihn ständig um Rat fragte.

Und Jussuf gab Malik Recht.

„Ja", sagte er, „das habe ich kommen sehen. Du hast ganz Recht, lass uns unsere Zelte packen und einen anderen Platz suchen. Die Wüste ist groß."

Und so kam es, dass Malik, Omar und drei weitere Tuareg sich auf den Weg machten, um einen anderen Platz für ihren Stamm zu suchen. Nachdem sie drei Tage durch die Wüste geritten waren, begannen ihre Kamele unruhig zu werden.

„Vater", rief Omar und zeigte auf winzig kleine Grasbüschel, die sich durch den Wüstensand drückten.

„Wir haben unser Ziel erreicht, mein Sohn!"

Malik gab einen Schnalzlaut von sich und sein Kamel blieb stehen und ließ sich nieder. Die anderen taten es ihm nach. Sie bauten ihre Zelte auf und holten Schaufeln hervor, um einen Brunnen zu graben. Nachdem sie eine Weile gegraben hatten, wurde der Sand feucht. Omar stieß einen Jubelschrei aus.

„Wir haben Wasser gefunden!"

Malik wusste, dass sie den richtigen Platz erreicht hatten.

„Grabt weiter", rief er.

Sie gruben tiefer und tiefer und schließlich sickerte ganz langsam Wasser hervor. Es würde noch eine Weile dauern, bis sich das Loch füllte. Aber sie hatten ihr Ziel erreicht. Die Freude war riesengroß.

Sie befestigten ihren Brunnen mit Steinen und bereiteten sich auf die Nacht vor. Dann brach ganz plötzlich die Dunkelheit herein und mit ihr kam die Kälte. Aber die Tuareg wussten, dass die Nächte in der Wüste sehr kalt waren. Sie hatten inzwischen ein Lagerfeuer angefacht und wärmten sich daran.

„Ich denke", sagte Malik, „hier werden wir unsere Ruhe haben. Dieser Platz ist weit genug von Agadez entfernt."

Nachdem sie ihr einfaches Mahl zu sich genommen hatten, legten sie sich schlafen; denn am anderen Morgen wollten sie in ihr Dorf zurückreiten.

Als sie nach zwei Tagen ihr Dorf erreicht hatten, ging Malik sofort zum alten Jussuf. Er berichtete ihm von dem Wasser, das sie gefunden hatten, und damit war die Sache beschlossen.

Ali staunte, wie schnell die Tuareg ihre Zelte abbrachen und diese auf die Lastkamele verteilten. Auch die Frauen waren eifrig dabei, ihre Töpfe und Pfannen, ihre Kleidung und alles, was ihnen lieb und teuer war, auf die Kamele zu verteilen.

Auch Ali trug inzwischen die Kleidung der Tuareg. Nur an den Schleier musste er sich gewöhnen. Er fand es immer noch seltsam, dass bei den Tuareg die Männer ihre Gesichter verhüllten und nicht die Frauen, wie das bei den anderen Stämmen üblich war.

Malik überprüfte noch einmal, ob auch alles seine Ordnung hatte, und dann setzte sich die Karawane in Bewegung. Wieder einmal wunderte sich Ali, wie sicher Malik seinen Stamm führte. Er brauchte keine Landkarte. Er wusste genau, wohin er sein Kamel lenken musste.

Da die Karawane aber sehr groß war und die Kamele voll beladen, dauerte die Reise diesmal drei Tage.

Als sie ankamen, hatte sich der Brunnen, den sie gegraben hatten, mit Wasser gefüllt.

„Ach", seufzte der alte Jussuf, „das ist gut; denn wo Wasser ist, da ist auch Leben."

Voller Freude machten sich die Männer an die Arbeit. Sie entluden die Kamele und bauten die Zelte auf. Auch Ali bekam sein eigenes kleines Zelt. Die Frauen richteten die Zelte gemütlich ein und kochten Tee.

Am Abend versammelten sich alle um das große Lagerfeuer.

Mitten unter ihnen saß der alte Jussuf. Er hatte die Reise durch die Wüste gut überstanden. Aber schließlich war es ja auch nicht seine erste. Er war in seinem langen Leben schon viel umhergezogen.

„Wir wollen hoffen, Jussuf, dass wir hier unsere Ruhe haben", sagte Malik zu ihm.

Der Stamm gewöhnte sich schnell an die neue Umgebung. Eigentlich hatte sich ja nicht viel verändert.

Da sie Wasser hatten, konnten sie sich wieder kleine Gärten anlegen, in denen Obst und Gemüse wachsen würden. Sogar die Dattelpalmen, die sie ausgegraben und mitgebracht hatten, wurden wieder eingepflanzt, und ihre Kamele, Ziegen und Schafe konnten frei herumlaufen.

Es war so, wie es immer war. Aber vielleicht meinte Allah es ja gut mit ihnen und schickte ihnen auch noch den großen Regen. Das wäre natürlich wunderbar. Aber wann regnet es schon in der Sahara?

Manchmal jahrelang nicht.

... Nachdenklich hatte Robin mir zugehört und wohl über die Wassersuche nachgedacht.

„Oma, hast du denn nicht gesehen, dass die Pose gewackelt hat?", rief er plötzlich aufgeregt.

Da hatte ich doch tatsächlich über unsere Unterhaltung meinen Auftritt verpasst!

„Kescher", rief er nun ganz energisch. Inzwischen hatte ich mich aus meinem Sessel geschält und reichte ihm den Kescher.

Volltreffer! In dem Netz zappelte eine schöne, große Forelle. Unser Abendbrot. Alles andere war nun Robins Sache. Schließlich hatte er den Angelschein gemacht und nicht ich.

Nachdem sich die Aufregung gelegt hatte, griff Robin mit seiner gewohnten Hartnäckigkeit das Thema „Regen" wieder auf.

„Man kann also wirklich Wasser in der Wüste finden, Oma?"

„Ja, mein Junge, man muss eben nur wissen, wie und wo. Und ob du es glaubst oder nicht, manchmal regnet es sogar in der Sahara!"

Der Regen

Seit einigen Tagen lastete eine seltsame Stille über dem Dorf. Es war schwül und kein Lüftchen regte sich. Die Tiere waren unruhig und die kleinen Pflanzen in den Gemüsebeeten ließen traurig die Köpfe hängen. Malik schaute immer wieder besorgt zum Himmel hoch. Schließlich ging er zu Jussuf.

„Ach, tun mir meine Knochen weh", sagte der alte Mann. Das war etwas ganz Neues; denn eigentlich klagte Jussuf nie.

„Ein Sandsturm?", fragte Malik.

„Nein, das glaube ich nicht."

„Du meinst Regen?", fragte Malik. Er wagte gar nicht, das Wort laut auszusprechen; denn wann hatte es zuletzt geregnet?

Jussuf wischte sich den Schweiß vom Gesicht. Die bleierne Luft machte ihm ganz offensichtlich zu schaffen. Wieder blickte Malik zum Himmel. Bald würde es dunkel werden. Plötzlich war die

Luft von einem gewaltigen Brausen erfüllt und Malik sah, wie sich am Horizont schwere Gewitterwolken am Himmel zusammenbrauten. Aber das hatte nicht viel zu bedeuten. So etwas kam öfter vor und dann waren die Wolken genau so plötzlich wieder verschwunden. Doch diesmal schien es anders zu sein. Ein gezackter Blitz schoss auf die Erde nieder, dem ein heftiger Donnerschlag folgte.

„Es wird regnen, Malik", sagte Jussuf. Er sagte es mit großer Bestimmtheit und Malik glaubte ihm.

Auch die Leute seines Stammes hatten inzwischen begriffen, dass es bald regnen würde, und waren freudig erregt. Die Frauen stellten alle Gefäße nach draußen, um möglichst viel von dem Regen aufzufangen. Die bleierne Schwere war plötzlich von allen abgefallen.

Malik wollte dieses Wunder für sich allein genießen. Er bestieg sein Reitkamel und ritt ein Stück in die Wüste. Dann glitt er von seinem Kamel.

Es krachte und donnerte inzwischen immer stärker und die Wolken wurden immer bedrohlicher.

Malik schaute zum Himmel empor und plötzlich stürzten riesige Wassermassen auf ihn herunter.

Malik lachte vor Freude, zog sich aus und rieb seinen Körper mit Sand ein, der dann vom Regen abgewaschen wurde. Auch die Kleidung wurde auf die gleiche Weise gereinigt. Dann stand er einen Augenblick ganz still und genoss ganz einfach das Gefühl des frischen Wassers, das auf ihn herabprasselte.

Doch so plötzlich, wie der Regen gekommen war, ging er auch wieder. Malik schickte ein Dankgebet zu Allah, der es so gut mit ihnen meinte. Dann ritt er gemächlich ins Dorf zurück.

Auch dort herrschte große Freude. Alle waren erfrischt und die Gefäße mit frischem Regenwasser gefüllt.

Malik beschloss, diesen Tag würdig zu beenden. Sie dankten Allah und saßen an diesem Abend noch lange am Lagerfeuer.

Der Regen war zur rechten Zeit gekommen. Er hatte der Natur und den Menschen gut getan. Wo vorher nur Sand war, begann es jetzt zu sprießen und zu blühen.

Aber alle wussten, dieses Wunder würde sich so bald nicht wiederholen.

Daher waren ihre Dankbarkeit und Freude groß. Man sprach noch lange davon. Und wieder einmal hatte der alte Jussuf Recht gehabt. Er war eben sehr weise und erfahren.

Wann würde es wieder einmal so regnen?

„Oma, hast du die neuesten Nachrichten im Fernsehen schon gesehen?"

„Nein, mein Schatz, wie du weißt, war ich zu der Zeit beim Training."

„Stimmt. Hatte ich ganz vergessen."

„Was ist denn passiert, dass du so aufgeregt bist?"

„Also Oma, stell dir mal vor, da machen Eltern mit ihren Kindern in den Bergen Urlaub."

„Das ist doch sehr schön."

„Schon", sagte Robin und schaute mich ganz bedeutungsvoll an, „aber wie findest du das? Da packen die beiden Brüder heimlich ihre Rucksäcke und machen sich mit einer Taschenlampe zu einer Nachtwanderung auf den Weg. Dabei sind sie erst zehn und zwölf Jahre alt."

„Das ist natürlich schlimm. Die armen Eltern. Und wie ist es ausgegangen?

„Die beiden sind in ein Unwetter geraten und mussten in einer Höhle Schutz suchen. Dort wurden sie dann nach vielen Stunden am Morgen von der Bergwacht gefunden.

So etwas würde ich nie tun, so heimlich abhauen", beendete mein Enkel seinen Bericht. *Die Empörung war ihm deutlich anzusehen. „Das ist auch gut so. Das kann nämlich schlimm ausgehen, ganz gleich, wo Kinder so etwas machen, ob hier in unseren Bergen oder in der Sahara",* ...

Omar und Ali

Omar und Ali waren inzwischen gute Freunde geworden, und wie das bei so jungen Männern manchmal der Fall ist, wollten sie etwas erleben. Voller Abenteuerlust blickten sie immer wieder in die Ferne, wo am Horizont die Umrisse der Felsen des Air-Gebirges zu sehen waren. Diese Felsen wollten sie sich so gerne einmal näher ansehen. Sie gaben vor, einen Ausritt machen zu wollen, sattelten eines Morgens ihre Reitkamele, packten Proviant ein und los ging es. Nur der alte Jussuf ahnte, dass hinter diesem Ausritt mehr steckte.

Die beiden Freunde waren inzwischen ein paar Stunden geritten und die Sonne stand hoch am Himmel.

„Zeit zu rasten", sagte Ali. Er schnalzte mit der Zunge, sein Kamel ließ sich nieder und er ließ sich aus dem Sattel gleiten. Omar tat es ihm nach.

Sie erfrischten sich mit Wasser, ließen sich im Sand nieder und deckten sich mit ihrem Umhang zu. Dann schliefen sie eine Stunde tief und fest.

Plötzlich wachte Omar auf. Irgendetwas gefiel ihm nicht. Er wusste selber nicht so genau, was.

„Ali", sagte er laut, „wach auf!"

„Was ist los?"

Omar deutete stumm zum Horizont. Und jetzt sah auch Ali die hellbraune Wand, die sich langsam auf sie zuschob.

Ein Sandsturm!

„Schnell, Ali, wir müssen die ersten Felsen erreichen, bevor uns der Sandsturm erreicht!"

Blitzschnell waren die beiden jungen Männer auf den Beinen. Sie packten ihre Sachen zusammen und bestiegen ihre Kamele. Diese witterten was los war und brauchten nicht zur Eile angetrieben werden. Mit höchster Geschwindigkeit bewegte sich die kleine Gruppe auf die Felsen zu.

Omar drehte sich immer öfter um. Nah und näher kam die braune Wand.

„Hoffentlich schaffen wir das noch!"

Aber sie schafften es noch. Keinen Augenblick zu früh. Sie sprangen von den Kamelen, ergriffen ihre Satteltaschen und ließen sich erschöpft in einen Felsspalt sinken. Um die Kamele brauchten sie sich nicht sorgen. Die wussten, was sie in einem solchen Fall zu tun hatten.

Omar und Ali hielten den Atem an. Und dann ging es los. Es war, als würde die Welt untergehen. Ein Pfeifen und Orgeln tobte durch die Luft.

Es sollte Stunden dauern, bis der Sturm schließlich nachließ. Als endlich wieder Ruhe eingekehrt war, rappelten sich die beiden Freunde auf.

Der Eingang zu ihrer Felsspalte war völlig zugeweht. Mühsam schaufelten sie mit ihren Händen den Sand beiseite und krochen durch die Öffnung ins Freie.

Inzwischen war es längst Nacht geworden und die Sterne funkelten hell vom Himmel.

„Das war es dann wohl", sagte Omar, „heute Nacht können wir nicht zurück. Wir werden hier schlafen müssen."

Zum Glück hatten sie genug Proviant bei sich. Um die Kamele brauchten sie sich keine Sorgen zu machen. Die würden sie am nächsten Morgen wiederfinden. Da nichts Weiteres zu tun blieb, aßen sie noch eine Kleinigkeit, suchten sich eine sichere Ecke in den Felsen, legten sich hin und schliefen.

Sie wachten auf, als schon die ersten Sonnenstrahlen zwischen die Felsen fielen.

„Wach auf, Ali, wir haben viel zu lange geschlafen! Wir müssen schnellstens zurück. Mein Vater und meine Mutter werden sich Sorgen um uns machen."

Das fürchtete Ali auch. Sie rappelten sich hoch und machten sich auf die Suche nach ihren Kamelen. Aber da brauchten sie nicht lange zu suchen.

Als sie zwischen den Felsen hervorkamen, lagen ihre Kamele friedlich im Schatten der Felsen. Der Sandsturm hatte ihnen nichts anhaben können.

Aber Omar und Ali waren nun doch stark beunruhigt. Aus ihrem kleinen Ausritt war fast eine Katastrophe geworden. Wie sollten sie das Malik und den anderen Tuareg erklären. Sicher waren alle in großer Sorge um sie.

„Wir hätten deinem Vater doch sagen sollen, was wir vorhaben", sagte Ali.

Doch zum Jammern war es jetzt zu spät. Sie würden die Folgen ihres Tuns ertragen müssen.

Als sie einen halben Tag geritten waren, erblickten sie in der Ferne fünf dunkle Gestalten, die auf sie zugeritten kamen.

„Mein Vater", sagte Omar, „Ali, den Sandsturm haben wir zwar überlebt, aber jetzt kommt ein Gewitter auf uns zu!"

Als die fünf Tuareg sie erreicht hatten, denn es waren wirklich Malik und seine Männer, die auf sie zukamen, und Omar in das finstere Gesicht seines Vaters blickte, wurde ihm angst und bange.

Aber als Malik die beiden Ausreißer vor sich sah und in das ängstliche Gesicht seines Sohnes blickte, musste er dann doch lachen. Er freute sich, dass die beiden Jungen das Abenteuer heil überstanden hatten und gesund waren. Das war schließlich die Hauptsache.

Omar und Ali berichteten, wie es ihnen ergangen war, und nach einer Rast machten sie sich gemeinsam auf den Heimweg.

Als sie ihr Dorf erreicht und sich gestärkt hatten, wurden die beiden jungen Männer zu ihrem großen Erstaunen zu dem alten Jussuf gerufen.

„Setzt euch", krächzte Jussuf mit seiner alten Stimme.

„Ich verstehe Euch nicht", sagte er zu den beiden Jungen, „immer werde ich um Rat gefragt. Warum kommt ihr nicht zu mir, bevor Ihr euch auf ein solches Abenteuer einlasst?"

„Aber Jussuf", sagte Ali, „wir konnten doch nicht ahnen, dass es einen Sandsturm gibt!"

„Das ist richtig", sagte Jussuf, „ihr konntet das nicht ahnen. Aber ihr hättet mich fragen sollen. Meine Erfahrung und meine müden alten Knochen lassen mich Tage vorher wissen, wann ein Sandsturm naht." Betreten blickten Omar und Ali sich an.

„Naja", sagte Jussuf milde, „ihr habt euch ja ganz schön zu helfen gewusst. Ihr seid eben doch richtige Tuareg! Aber wenn ihr nochmal einen solchen Ausflug plant, dann fragt mich bitte vorher."

„Worauf Du Dich verlassen kannst", sagte Omar. Und damit waren die beiden entlassen.

Die beiden Freunde hatten aus diesem Abenteuer gelernt. Sie würden sich nicht wieder so leichtfertig in Gefahr begeben. Aber der alte Jussuf hatte auch gesagt, sie seien doch echte Tuareg. Und das erfüllte sie mit Stolz.

Wir saßen gemeinsam beim Abendbrot und Robin verzehrte mit Genuss seinen Pfannkuchen. Den wünschte er sich immer, wenn er im „Hotel Oma" zu Besuch war.

„Oma, glaubst du eigentlich, dass es Geister gibt?", fragte er mich unvermittelt.

„Geister?", hakte ich verblüfft nach. Der Fantasie meines Enkels zu folgen war nicht immer leicht.

„Ja, Geister", wiederholte er hartnäckig seine Frage.

„Nein, eigentlich nicht, früher als Kind vielleicht."

„Ja was denn nun, Oma, ja oder nein?"

Wie beantwortet man solch eine Frage? Plötzlich hatte ich den rettenden Einfall, wie ich dieser Frage begegnen konnte.

„Weißt du, viele Naturvölker glauben daran. Da sind zum Beispiel die Tuareg, die glauben ganz fest an die Macht der guten und bösen Geister. Aber das erzähle ich dir später, wenn wir gegessen und die Küche aufgeräumt haben."

„O.k., Oma, ich helfe dir auch, dann geht es schneller."

Die Geister

Seit Tagen beobachtete der alte Jussuf Omar und Ali. Ständig saßen sie irgendwo und steckten die Köpfe zusammen. Ihm war klar, dass die beiden etwas ausheckten. Aber was? Er würde achtgeben müssen.

Die Jungen, über die sich Jussuf Gedanken machte, hatten in der Tat etwas vor. Sie saßen wieder einmal am Rand des Dorfes und berieten sich. Wie alle Tuareg glaubten sie fest an die Macht der guten und bösen Geister.

„Sie sind bestimmt irgendwo, Ali, schließlich glaubt auch mein Vater Malik, dass es sie gibt. Und mein Vater ist doch wirklich ein kluger Mann. Und erst der alte Jussuf. Der hat doch in seinem langen Leben schon so viel erlebt. Ich sage dir, es gibt sie!

Wenn der Mond voll ist, werden wir dem Geheimnis auf die Spur kommen."

„Ich weiß nicht, sollten wir das nicht lieber lassen?"

„Hast du etwa Angst?"

„Ja, ein bisschen."

„Unsinn, wenn der Mond rund ist, machen wir den Ausflug", sagte Omar. Jeden Abend, wenn es dunkel geworden war, schauten die beiden zum Himmel. Endlich war es soweit.

„Heute Nacht", flüsterte Omar Ali zu.

Ali saß unruhig in seinem Zelt. An Schlaf war nicht zu denken. Als es Mitternacht geworden war, vernahm er ein leises Rascheln. Es war Omar.

„Komm, Ali", flüsterte er.

Ganz leise schlichen die beiden Jungen aus dem Dorf. Geduckt liefen sie ein Stück in die Wüste, bis sie den ersten Felsen erreichten hatten. Aufgeregt ließen sie sich in seinem Schatten nieder und schauten in die Ferne. Der Mond strahlte hell vom Himmel. Doch so sehr sie sich auch anstrengten, sie konnten nichts sehen.

„Ich habe dir doch gesagt, dass das Unsinn ist", wisperte Ali.

„Abwarten!"

„Wenn es Geister gibt, kann man sie bestimmt nicht sehen, Omar."

Plötzlich war die Luft von einem schauerlichen Gelächter erfüllt. Omar und Ali fuhren senkrecht in die Höhe. Und wieder hörten sie das schaurige Gelächter.

„Beim Bart des Propheten, Omar, was ist das?"
Omar hatte sich als erster gefasst.

„Mann, Ali, das sind keine Geister, das ist eine Hyäne!"
Und dann sahen sie auch die funkelnden Augen des hässlichen Tieres.

„Da sind ja noch mehr, ein ganzes Rudel, wie werden wir die bloß los?"

„Damit", sagte Omar und zog aus seinem Umhang eine Pistole hervor.

"Ein Schreckschuss, und sie sind weg!"

„Wo hat du die denn her?", fragte Ali entgeistert.

„Von Onkoles Sohn aus Agadez."
Onkole war einer der Silberschmiede aus Agadez.

„Bei Allah, weiß dein Vater davon?"

„Natürlich nicht."

„Omar, wenn du damit schießt, sind wir die Hyänen zwar los, aber dafür kommt dann dein Vater, und wie willst du deinem Vater den Schuss erklären?"

„Stimmt", sagte Omar und steckte die Pistole wieder weg.

Während der ganzen Zeit lachten die Hyänen. Es war, als würden sie die beiden Jungen auslachen.

Denen war inzwischen die Lust an ihrem Abenteuer vergangen. Sie schlotterten vor Angst und Kälte an allen Gliedern.

„Lass uns verschwinden, Omar" flüsterte Ali.

Doch gerade in dem Augenblick, als sie den Entschluss gefasst hatten, nahmen sie hinter sich eine Bewegung war. Starr vor Schrecken blieben sie hocken. Schließlich wagte es Omar, einen Blick hinter sich zu werfen. Was er dann sah, ließ ihn blitzschnell aufspringen.

„Ali", rief er und deutete mit zitternder Hand auf die dunkle Gestalt, die vor ihnen aufragte. Doch als er sich etwas gefasst hatte, sah er, dass es kein Geist war, der da vor ihnen stand. Es war der alte Jussuf!

„Jussuf, was machst du denn hier?", stammelte er.

„Dasselbe wollte ich euch gerade fragen. Ich beobachte euch schon seit Tagen und bin euch gefolgt. Seid ihr etwa hierhergekommen, um irgendwelche Geister zu sehen, heute, wo Vollmond ist?"

Betreten schauten ihn die beiden Jungen an. Vor Jussuf konnte man eben nichts verbergen. Ihm entging nichts.

„Na, kommt schon, lasst uns zurückgehen. Aber merkt euch eines, Geister sind für Menschen nicht sichtbar. Seht das einfach so – wenn ihr in Not seid und plötzlich kommt euch ein Gedanke, wie ihr euch aus der Not befreien könnt -",

„wie bei mir, als die Banditen unser Dorf überfielen und ich einfach weggerannt bin", unterbrach ihn Ali ganz aufgeregt.

„Richtig", sagte Jussuf, „wie bei dir. Dieser Gedanke hat dir das Leben gerettet und dich zu uns geführt. Er wurde dir von einem guten Geist eingeflüstert. Es war aber kein guter Gedanke, bei Nacht in die Wüste zu schleichen und Geister zu beobachten", sagte er mit grollender Stimme.

„Ich hoffe, ihr habt mich verstanden. Wenn ihr Fragen habt, kommt zu mir oder wendet euch an Malik, ist das klar?"

„Ja, Jussuf", sagten die beiden Jungen wie aus einem Munde.

„Gut, dann lasst uns jetzt gehen."

Die Hyänen hatten sich bei diesem Wortwechsel verzogen und Jussuf, Omar und Ali machten sich auf den Weg.

„Wolltest du mir nicht etwas geben, Omar?", fragte Jussuf.

Wortlos griff Omar in seine Tasche und überreichte Jussuf die Pistole. Genau so wortlos steckte Jussuf diese ein.

„Jussuf", stammelte Omar ängstlich.

„Du brauchst keine Angst zu haben, ich werde deinem Vater nichts erzählen, dieses Mal nicht."

Omar war erleichtert, denn was Jussuf versprach, hielt er auch. Unbemerkt erreichten die drei das Dorf und schlichen in ihre Zelte.

Malik wunderte sich zwar, dass Omar und Ali am nächsten Morgen ungewöhnlich still und ruhig an ihre Arbeit gingen, aber er sagte nichts. Wahrscheinlich hatten sie wieder etwas ausgeheckt, aber wohl schon ihre Lehre daraus gezogen. Und mit der Vermutung hatte er ja auch Recht.

„Oma, darf ich dich einmal etwas fragen?"

„Natürlich, was möchtest du denn wissen?"

Mein Enkel druckste herum und suchte ganz offensichtlich nach den richtigen Worten.

„Oma, als du noch ein Mädchen warst, hast du dich da auch einmal verliebt, ich meine in einen Schulkameraden oder so."

Es war heraus und die Erleichterung war ihm anzusehen. Ganz schön interessiert, der junge Mann!

„Natürlich war ich das. Horst war sein Name und auf einem Schulausflug haben wir dann festgestellt – na ja, dass wir uns eben gern hatten."

„Und dann?", fragte Robin und blickte mich erwartungsvoll an.

„Und dann habe ich einen großen Fehler gemacht, indem ich meiner Freundin davon erzählt habe."

„Ja, und..."

„Ja, mein Junge, und diese Freundin hat mein Vertrauen missbraucht und der Rest der Klasse hat tagelang hinter unserem Rücken *getuschelt und gelacht. Und damit war es aus. Das hat mir damals sehr wehgetan und ich finde es ganz schlimm, wenn man über die Gefühle anderer Menschen lacht. "*

„Das tut man auch nicht", sagte Robin voller Überzeugung und Mitgefühl.

Sinah

Wieder einmal neigte sich ein Tag seinem Ende zu. Omar und Ali saßen wie jeden Abend auf ihrem großen Stein vor dem Dorf und blickten in die Wüste. Sie hatten ja immer so viel zu erzählen. Ali war an diesem Abend jedoch sehr still.

„Was ist los, Ali", fragte Omar seinen Freund, „du hast doch sonst immer so viel zu erzählen."

„Ach, weißt du", druckste Ali herum, „es geht um Sinah."

„Sinah, warum das denn? Was ist denn los mit meiner Schwester?

Ali wollte nicht so recht mit der Sprache heraus.

„Also, nun rede schon."

„Ach, weißt du, Omar, Sinah guckt mich in letzter Zeit immer so seltsam an."

„Sie guckt dich seltsam an? Ja, wie denn?" Omar war nun richtig neugierig geworden.

„Nun rede schon endlich!"

„Seltsam eben, ich weiß auch nicht, wie ich es dir sagen soll!

So, so, so – sanft wie ein Kamel, manchmal wie eine ganze Herde!", sprudelte Ali jetzt hervor.

„So sanft wie ein Kamel", wiederholte Omar und fing schallend an zu lachen. Er klopfte sich auf die Schenkel und konnte überhaupt nicht wieder aufhören.

„So blickt meine Mutter meinen Vater auch manchmal an", sagte er, während ihm vor Lachen die Tränen in die Augen traten.

"Hör doch auf, so zu lachen", sagte Ali, dem das überhaupt nicht recht war.

Plötzlich hörten sie leises Schluchzen hinter sich und als sie sich umdrehten, sahen sie Sinah mit fliegenden Haaren davonlaufen.

„Bei Allah", sagte Ali, „sie muss uns gefolgt sein und hat alles gehört!"

„Ja", sagte Omar, „und morgen wird sie dich anschauen wie ein hochmütiges Kamel."

„Hör doch auf, Omar", Ali wurde jetzt richtig böse.

„Wir haben sie furchtbar gekränkt. Man lacht nicht über die Gefühle anderer Menschen."

„Du hast recht, Ali", sagte Omar ganz zerknirscht, „mir ist auch überhaupt nicht wohl. Wie wir das wieder gut machen sollen, weiß ich im Augenblick auch nicht."

Ihm war wirklich nicht wohl, denn wie alle Tuareg hatte er große Achtung vor den Frauen seines Stammes und Sinah war auch eine Frau, fast jedenfalls. Sehr kleinlaut rutschten die beiden Freunde von ihrem Stein und verschwanden in ihren Zelten.

Am nächsten Morgen war von Sinah nichts zu sehen. Sie ließ sich den ganzen Vormittag nicht blicken.

Omar und Ali verrichteten still ihre Arbeit. Als Omar sah, wie Maleika ihnen einmal einen missbilligenden Blick zuwarf, war ihm klar, dass seine Mutter alles wusste.

„Lass uns mal für ein paar Stunden verschwinden, Ali," flüsterte er seinem Freund zu.

Er fragte seinen Vater um Erlaubnis, dann sattelten sie ihre Reitkamele und verschwanden in der Wüste. Sie ritten auf die Felsen zu und nach einer Weile waren sie fast wieder die alten.

„Lass uns um die Wette reiten, Ali", rief Omar, als sie in die Nähe der Felsen kamen. Doch ganz plötzlich stoppte er sein Kamel und deutete mit der Hand nach oben.

„Aasgeier!"

Und jetzt sah auch Ali die hässlichen Vögel.

„Lass uns sehen, was da los ist!"

Als sie die Felsen erreichten, waren die Vögel verschwunden. Geschmeidig glitten die Freunde von ihren Kamelen und machten sich auf die Suche.

Plötzlich hörten sie ein klägliches Winseln.

"Omar, schau mal her", rief Ali und deutete auf ein kleines Tier, dass sich zwischen den Steinen verkrochen hatte.

„Ein kleiner Fenak, ein Wüstenfuchs, ohne seine Eltern."

Vorsichtig nahm er das kleine, zitternde Tier auf den Arm.

„Hat der Angst", sagte er mitleidig, „aber er scheint nicht verletzt zu sein.

Vorsichtig streichelte er dem kleinen Fenak über das Fell und ganz allmählich beruhigte sich der kleine Fuchs.

„Vor den Geiern hätte ich auch Angst gehabt, wenn ich so klein wäre", murmelte Omar nachdenklich. „Was mag mit seinen Eltern geschehen sein?"

„Das werden wir wohl nicht erfahren!"

„Weißt du was, den nehmen wir mit, Ali!"

Die Freunde blickten sich an und riefen dann wie aus einen Mund: „Für Sinah!"

Das war die Gelegenheit, ihr schäbiges Verhalten vom vorigen Abend wieder gut zu machen.

Vorsichtig wickelte Ali den kleinen Fenak in seine Djellaba, dann bestiegen sie ihre Kamele und ritten zurück zum Dorf. Als sie ankamen, war es fast Abend geworden.

Sie versorgten ihre Kamele und machten sich auf die Suche nach Sinah. Doch Sinah war nicht zu sehen. Omar und Ali gaben keine Ruhe und nachdem Omar mit seiner Mutter gesprochen hatte, kam Sinah schließlich aus ihrem Zelt.

„Habe ich es dir nicht gesagt", flüsterte Omar, „heute guckt sie so hochmütig wie ein Kamel."

Ali warf ihm einen so wütenden Blick zu, dass Omar augenblicklich verstummte.

„Sinah", sagte Ali behutsam, „schau mal, was wir gefunden haben."

Vorsichtig wickelte er den kleinen Fenak aus seiner Djellaba und hielt ihn Sinah hin.

„Er wurde von Aasgeiern bedroht und heute Nacht hätten ihn bestimmt die Hyänen geholt. Würde es dir Freude machen, ihn aufzuziehen? Er hat keine Eltern mehr."

Als Sinah den kleinen Fenak auf den Arm nahm, leuchteten ihre Augen wieder.

„Gern, Ali", rief sie und drückte den kleinen Fuchs an sich.

„Wie gut, dass ihr ihn gefunden habt!"

„Ich glaube, da müssen wir erst einmal Kamelmilch holen, der sieht ganz so aus, als ob er großen Hunger hätte", sagte Maleika, die unbemerkt dazugekommen war.

Omar und Ali fiel eine Last von der Seele. Es sah so aus, als wenn der Frieden wieder hergestellt wäre.

Inzwischen hatten sich die Dorfbewohner um die kleine Gruppe versammelt.

„Bildet euch bloß nicht ein, dass ihr immer so gut davonkommt", brummelte der alte Jussuf, als Omar und Ali an ihm vorbeischleichen wollten, denn ihm war, wie immer, nichts entgangen!

Wieder einmal kamen die Ferien und mit ihnen Robin und mein Einfallsreichtum wurde auf eine harte Probe gestellt. Schließlich sollte es dem Jungen, der aus der Großstadt Hamburg kam, bei uns in einer typischen Kleinstadt ja auch gefallen.

„Sollen wir heute einmal nach Oldenburg fahren", fragte ich ihn eines Tages.

„Von mir aus", kam es wenig begeistert.

„Wir gehen dort zum Essen und auch in ein Spielzeug-Geschäft", legte ich nach.

„Aber nur, wenn ich nicht stundenlang mit dir zu Douglas gehen muss !"

Diese Aussage ließ an Deutlichkeit nichts zu wünschen übrig.

„Oma", sagte mein Enkel mit einem missbilligenden Kopfschütteln als ich ausgehfertig vor ihm stand, „du siehst aus wie Dornröschen. Das hast du doch gar nicht nötig", und damit zeigte er auf meinen Mund. Also, weg mit dem Lippenstift. Natura war angesagt. Es sollte ja schließlich ein schöner Tag werden.

Nach einer Stunde Busfahrt und einem Essen beim Chinesen betraten wir dann ein

Kaufhaus. Die Hutabteilung! Ich liebe Hüte, auch wenn ich selbst keine trage. Ein großer, gelber Strohhut, mit einem Veilchenstrauß an der Krempe, fiel mir sofort ins Auge und ich setzte ihn begeistert auf.

„Schau mal, ist der nicht toll?"

„Was willst du denn mit dem alten Deckel?", fragte Robin, fasste meine Hand und wollte mich in Richtung Spielwarenabteilung zerren.

„Was heißt hier alter Deckel? Hast du noch nie etwas von einem Glückshut gehört?"

Augenblicklich hörte das Gezerre an meiner Hand auf. Sein Interesse war geweckt, er brannte vor Neugier. Ein Glückshut?

„Heute Abend", lächelte ich ihm geheimnisvoll zu und kam damit weiteren Fragen zuvor.

Iris

Die Zeit verging. Omar und Ali waren inzwischen richtige junge Männer geworden.

„Es wird Zeit, die Vorräte aufzufüllen", sagte Malik, „wir müssen wieder einmal nach Agadez."

Er besprach mit Jussuf die Lage und dieser versicherte ihm, er würde aufpassen, dass im Dorf alles seine Ordnung hatte. Ali würde ihm dabei helfen.

Malik und Omar bepackten also ihre Kamele mit Proviant und machten sich auf den Weg. Sie ritten auf dem kürzesten Weg nach Agadez.

In der Stadt wollten sie sich nicht so lange aufhalten. Also kauften sie, was notwendig war, beluden die beiden Lastkamele und machten sich wieder auf den Heimweg.

Sie hatten aber nicht versäumt für Maleika und Sinah, Omars jüngere Schwester, ein kleines Geschenk zu kaufen.

Schweigend ritten sie hintereinander her. Die Wüste dehnte sich endlos wir ihnen aus.

Plötzlich hielt Malik an und winkte Omar zu sich. Er hatte im Wüstensand etwas entdeckt, was dort nicht hingehörte.

„Weißt du was das ist, Omar?"

Geschickt ließ Omar sich von seinem Kamel gleiten und hob das Gebilde auf, das da vor ihm lag.

Er lachte übermütig und setzte es sich auf den Kopf. Es handelte sich um einen gelben Strohhut mit einem kleinen Veilchenstrauß an der Krempe.

„Ich weiß, was das ist! Das tragen die weißen Frauen auf dem Kopf, um sich gegen die Sonne zu schützen."

Doch dann schoss ihm ein Gedanke durch den Kopf.

„Vater", sagte er bestürzt, „wo ist die Frau, die zu dem Hut gehört?" „Ja", sagte Malik, „daran habe ich auch gerade gedacht."

„Wir müssen sie unbedingt finden."

Und ganz selbstverständlich nahm Malik die Spur auf. Sein Blick richtete sich auf die Fundstelle und dann hinüber zu den Felsen. Sein Instinkt sagte ihm, dass sie dort etwas finden würden.

Den Blick vor sich auf den Sand gerichtet, ritten sie langsam los.

Nach einer Weile entdeckte Omar einen kleinen Fetzen Stoff, der durchaus von einer Bluse stammen konnte. Als sie den Felsen näher kamen, rief Omar auf einmal entsetzt: „Bei Allah, Vater, sieh mal noch oben!"

Ja, und da sahen sie die Geier kreisen. Das konnte nur bedeuten, dass da irgendjemand hilflos am Boden lag. Es waren keine Worte nötig, um die beiden Tuareg und ihre Kamele zur Eile anzutreiben. Schnell wie der Wind stoben sie durch den Sand. Als sie die Felsen erreicht hatten, sprangen sie aus den Sätteln und nahmen die Suche auf.

Malik entdeckte sie zuerst. Eine kleine weiße Frau mit kurzen, blonden Haaren, die ihr jetzt allerdings verschwitzt und sandig im Gesicht klebten. Ihre Haut war von der prallen Sonne gerötet und sie schien ohne Bewusstsein zu sein. Und schon kniete Malik neben ihr und hob ihren Kopf an. Omar reichte ihm wortlos seine Wasserflasche und Malik ließ langsam einige Tropfen zwischen ihre ausgedörrten Lippen rinnen. Das wiederholte er einige Male und schließlich begann sie zu schlucken. Nach einer Weile schlug sie die Augen auf und blickte Malik aus grünen Augen an. Das dunkle Gesicht und der dunkelblaue Turban schienen sie nicht zu erschrecken. Ganz im Gegenteil, sie trank noch einen Schluck und schlief dann lächelnd ein.

Die beiden Tuareg schauten sich ziemlich ratlos an. Das war ja eine schöne Bescherung. Da saßen sie nun neben einer weißen Frau, die sie offensichtlich vor dem Verdursten gerettet hatten. Doch Malik fand augenblicklich zu seiner gewohnten Ruhe zurück.

„Omar", sagte er, „der gelbe Strohhut hat uns zu dieser Frau geführt. Ohne ihn hätten wir sie nie gefunden. Wir werden sie mitnehmen!"

Omar hatte nichts anderes erwartet. Sie warteten geduldig, bis die weiße Frau erneut die Augen aufschlug. Jetzt konnte sie auch etwas essen und als sie ein wenig zu Kräften gekommen war, erfuhren sie ihre Geschichte.

Sie waren sehr erstaunt, als die Frau in ihrer Sprache anfing zu sprechen.

Ihr Name sei Iris, sie wäre Völkerkundlerin und käme aus Deutschland.

Sie hätte zu den Tuareg gewollt, um ihre Sitten und Gebräuche zu studieren. In Agadez hätten ihr zwei Männer angeboten, sie durch die Wüste zu führen. Als die Sonne am höchsten stand, hätten sie gerastet.

Ja, und der Rest war ganz einfach. Iris war eingeschlafen und als sie erwachte, war von ihren Begleitern keine Spur mehr vorhanden. Sie hatten sie ohne Wasser der Wüste überlassen. Ihre ganze Ausrüstung, alles war weg. Eine traurige Geschichte.

„Etwas hast du noch, Iris", sagte Omar und nahm den gelben Strohhut mit den Veilchen von seiner Satteltasche.

„Der hat dir das Leben gerettet."

„Genug jetzt", sagte Malik, „wir müssen zurück."

Er setzte Iris vor sich, hüllte sie in seinem Umhang, und die kleine Karawane setzte sich in Bewegung.

Die Aufregung war groß, als sie ihr Dorf erreichten. Maleika nahm Iris zu sich und hörte sich die Geschichte an.

„Bei uns bist du in Sicherheit, ruhe dich erst einmal aus."

Sie legten Iris auf ein Lager aus weichen Felldecken, deckten sie zu und sie schlief augenblicklich ein. Sie war bei ihren Tuareg angekommen, wenn auch etwas anders, als sie es sich gedacht hatte.

An einem sonnigen Nachmittag saßen wir wieder einmal einträchtig nebeneinander am Forellenteich und warteten geduldig darauf, dass eine Forelle anbiss.

„Oma, du bist doch schon viel gereist."

„Das kann man so sagen."

Was war eigentlich deine schönste Reise?"

„Mauritius", sagte ich spontan. „Du weißt ja, da haben Opa und ich geheiratet."

„Klar, aber was hat dir da so besonders gut gefallen, außer dass ihr dort geheiratet habt?"

„Wir beide, Opa und ich, haben da einmal einen Ausflug gemacht. In der Nähe unseres Hotels befand sich ein indischer Tempel, den wollte ich unbedingt besichtigen. Und stell dir einmal vor, als wir dort ankamen, waren wir die einzigen Touristen. Ein junger Inder, ich vermute einmal, dass es ein Student war, hat sich dann die Mühe gemacht und uns durch den Tempel geführt. Dabei hat er uns über die Bedeutung der einzelnen Gottheiten aufgeklärt. Zum Schluss der Führung hat er uns mit Asche einen Punkt auf die Stirn gemalt und dabei etwas gemurmelt, das wir

aber nicht verstanden haben. Den Aschepunkt haben wir aber den ganzen Tag nicht abgewischt. Vor dem Tempel haben wir uns unter einem großen Baum ausgeruht und wurden dann auch noch von den Leuten, die dort wohnten, mit Obst und Wasser versorgt. Das war ein wunderschönes Erlebnis!"

„Cool. Aber was war nun so besonders daran?"

„ Das Besondere daran war, dass wir dort allein waren, ohne die sonst übliche Ansammlung von Touristen. Das kommt nämlich nicht mehr oft vor."

Der Ausflug zu den Felsen

Nach ein paar Tagen hatte Iris sich von ihrem Schrecken und den Strapazen erholt. Sie war ausgeraubt worden und daran ließ sich nichts ändern. Aber Iris war nicht so gutgläubig gewesen, wie es zu Anfang den Anschein gehabt hatte. Bevor sie sich auf den Weg in die Wüste machte, hatte sie einige große Geldscheine in ihren gelben Strohhut gelegt und geschickt ein Stück Stoff darüber geklebt. Selbst Malik und Omar staunten, als Iris ihre Schätze aus dem Hut zog.

„Nicht schlecht", meinte Omar.

Iris lächelte. So hatte sie doch wenigstens etwas gerettet.

Eines Abends kam Malik zu ihr und sagte, dass Jussuf sie gerne kennen lernen möchte.

Der alte Mann war sehr überrascht, als die weiße Frau ihn auf Tamaschek, der gemeinsamen Sprache aller Tuareg, ansprach. Iris erzählte ihm, dass sie zu den Tuareg gekommen sei, um deren Sitten und Gebräuche kennen zu lernen. Sie wolle ein Buch darüber schreiben. Dies gefiel Jussuf und er versprach ihr zu helfen. Von der Stunde an saßen die beiden oft beisammen und Iris hörte aufmerksam zu, was Jussuf zu berichten hatte.

„Maleika", sagte sie eines Abends ganz aufgeregt, „Jussuf hat mir von den alten Felsen und der Höhle erzählt und von den wunderbaren Wandmalereien. Ich darf sie mir ansehen!"

Maleika war sehr überrascht. Jussuf musste eine hohe Meinung von Iris haben, dass er das erlaubte. Die Wandmalereien erzählten die Geschichte der ersten Tuareg-Nomaden und kaum jemand hatte sie je zu Gesicht bekommen. Nur wenige Eingeweihte wussten, wo sich die Höhle befand.

Da staunte selbst Malik, als er die Neuigkeit erfuhr.

„Na, Iris, da müssen wir dir wohl erst einmal ein paar Dinge in Agadez kaufen."

„Klar", strahlte Iris ihn an, „Geld habe ich ja noch." Malik musste laut lachen, als er daran dachte, durch welche List Iris ihr Geld behalten hatte.

„Ja, ja, der gelbe Strohhut mit den kleinen blauen Veilchen", rief Omar, „und wer hat den gefunden?"

„Du", sagte Iris, „und dafür bin ich auch sehr dankbar. Er hat mir schließlich das Leben gerettet."

Omar und Ali wurden also mit einer Liste nach Agadez geschickt, um einige Dinge für Iris zu besorgen - einen Fotoapparat, Kleidungsstücke aus Baumwollstoff und lederne Schnürstiefel. Schreibzeug durfte natürlich auch nicht fehlen.

"Haltet euch nicht zu lange auf", schärfte Malik ihnen noch ein.

Nach ein paar Tagen waren die beiden jungen Männer wieder da. Sie hatten an alles gedacht.

„Ich habe hier noch etwas für dich, ein Gri-gri", sagte Omar und hielt Iris ein kleines Päckchen hin.

Als Iris neugierig das Papier entfernte, kam ein kleines Amulett an einem Lederband zum Vorschein.

„Es soll dir Glück bringen", sagte Omar verlegen. Wie alle Tuareg glaubte er fest an den Einfluss der guten und bösen Geister der Wüste. Iris war gerührt und versprach, das Gri-gri immer an ihrem Hals zu tragen. Sie band es auch gleich um.

Da Iris mit allem Notwendigen ausgerüstet war, ging Malik zu Jussuf, um mit ihm über den Ausflug zu den Felsen zu reden. Er war erstaunt, als Jussuf ihm erklärte, dass er mitkommen wolle. Aber er wagte nicht, dem alten Mann zu widersprechen. Wenn Jussuf es so wollte, war es gut.

„Ich weiß, dass es keinen Sandsturm geben wird, Malik. Meine Knochen sagen es mir. Die Zeit ist günstig, wir sollten bald aufbrechen."

Und so geschah es.

Eines Morgens, noch vor Sonnenaufgang, bestiegen Jussuf, Malik, Omar und Iris ihre Kamele. Hoffentlich falle ich da nicht hinunter, dachte Iris und blickte besorgt nach unten.

„Halt dich gut fest, Iris", sagte Malik, als ob er ihre Gedanken gelesen hätte. Dann gab er einen Schnalzlaut von sich und die Kamele setzten sich in Bewegung.

„Bismallah", murmelte Jussuf, was bedeutet, möge Gott mich begleiten.

Und damit übernahm er die Führung der kleinen Karawane. Zu Anfang hatte Iris Mühe, sich im Sattel zu halten. Doch schon bald gewöhnte sie sich an das sanfte Schaukeln der Kamele.

„Du machst das gut, Iris", sagte Omar, der hinter ihr ritt. Iris war glücklich und war sich der hohen Auszeichnung bewusst. Sie durfte die Felsenmalereien sehen! Ein Heiligtum der Tuareg. Da machten ihr die Strapazen nichts aus; denn inzwischen schien die Sonne und es wurde sehr heiß. Aber sie hatte ja ihren gelben Strohhut mit dem Veilchenstrauß auf dem Kopf und der schützte sie vor der Sonne.

Als es Mittag wurde, rasteten sie. Sie aßen, tranken und legten sich zum Schlafen hin.

„Es geht weiter", weckte Malik Iris.

Inzwischen war die größte Hitze vorbei. Erstaunt stellte Iris fest, wie sich die Wüste veränderte. Immer mehr große Steine und dann sogar Felsen wurden sichtbar. Ja, die Wüste bekam ein ganz anderes Gesicht.

„Heute werden wir unser Ziel nicht mehr erreichen", ließ sich Jussuf vernehmen. Wir müssen bald unser Nachtlager aufschlagen." Erst da wurde Iris klar, wie müde sie von dem stundenlangen Ritt war.

Schließlich hatte Jussuf einen geeigneten Lagerplatz gefunden. Er schnalzte mit der Zunge und die Kamele ließen sich nieder. Bei dieser etwas wackeligen Prozedur verlor Iris die Balance und landete prompt im Sand.

„Absteigen muss gelernt sein", witzelte Omar.

Sie machten ein Lagerfeuer und Iris übernahm das Kochen. Plötzlich wurde es ohne Übergang dunkel und sie legten sich zum Schlafen hin. Schon früh am nächsten Morgen ging aber es weiter. Jussuf schienen die Anstrengungen der Reise erstaunlicherweise nicht viel auszumachen. Er war es, der die kleine Karawane zur Eile antrieb. Die Wüste war schon lange hinter ihnen geblieben und sie bewegten sich jetzt vorsichtig zwischen gewaltigen Felsen vorwärts. Wie kann man sich hier nur zurechtfinden, dachte Iris.

„Wir sind angekommen", sagte Jussuf plötzlich.

„Sei vorsichtig beim Absteigen, Iris", rief Omar. Aber diesmal landete Iris auf ihren Beinen. Sie hatte sich inzwischen an das Schaukeln der

Kamele gewöhnt. Zielstrebig ging Jussuf auf einen großen Stein zu und bedeutete Malik und Omar, diesen beiseite zu schieben. Ein Loch wurde sichtbar, hinter dem sich tiefe Finsternis verbarg. Die Männer entzündeten ihre mitgebrachten Pech-Fackeln und Malik zwängte sich als erster durch das dunkle Loch. Jussuf und Iris folgten ihm. Omar bildete den Schluss.

Auch er wusste nicht, was sie erwarten würde. Er war zum ersten Mal an diesem heiligen Ort. Mühsam bewegten sie sich durch einen engen Gang. Die Luft war feucht und modrig. Es ging immer abwärts. Iris war etwas unbehaglich zumute. Doch plötzlich traten sie aus der feuchten Finsternis und befanden sich in einer riesigen Höhle. Sie entzündeten noch mehr Pech-Fackeln, damit diese hell ausgeleuchtet wurde, so dass man in jeden Winkel blicken konnte. Jussuf winkte Iris und Omar zu sich.

„Schaut her", sagte er und hielt seine Fackel hoch.

„Unglaublich", stammelte Iris, „so etwas habe ich noch nie gesehen." Voller Ehrfurcht betrachtete sie die Felswände, die über und über mit Zeichnungen bedeckt waren. Sie stellten in Bildern die Geschichte der Tuareg-Nomaden dar.

„Wie alt sind diese Bilder?" Jussuf", fragte Iris mit bewegter Stimme.

„So alt wie die Welt", antwortete Jussuf, was immer das bedeuten mochte.

Er war selber ganz ergriffen von dem, was er sah, und begann Iris und Omar herumzuführen und ihnen die Entstehungsgeschichte der Tuareg-Nomaden zu schildern. Malik war dies alles bekannt. Er war es auch, der schließlich zum Aufbruch drängte. Der Tag neigte sich dem Ende zu und es würde bald dunkel werden. Sie verließen die Höhle nur ungern und machten sich an den anstrengenden Aufstieg. Als sie sich durch den schmalen Spalt drängte und an die frische Luft kam, wurde Iris ganz mulmig. Malik, dem dies nicht verborgen blieb, entzündete ein Lagerfeuer und schließlich entspannten sich alle bei einem Becher Tee.

„Wenn du möchtest, Iris", begann Jussuf, steigen wir morgen noch einmal hinab und du kannst die Bilder fotografieren.

Aber Iris hatte in Gedanken längst einen Entschluss gefasst.

„Nein, Jussuf", sagte sie mit entschlossener Stimme, „das werde ich nicht tun. Ich bin dir dankbar, dass du mir euer Heiligtum gezeigt hast. Aber das soll es auch bleiben - euer

Heiligtum. Stell dir einmal vor, ich würde diese Bilder veröffentlichen! Kannst du dir den Strom von Touristen vorstellen? Sie würden herkommen und alles zerstören.

Nein, Jussuf, das werde ich nicht tun!"

„Ich habe von dir auch nichts anderes erwartet", schmunzelte Jussuf. „Deswegen durftest du die Bilder auch sehen! Ich wusste, dass unser Geheimnis bei dir gut aufgehoben ist. Ich werde wohl auch nicht mehr herkommen. Ich bin zu alt, um diese Reise noch einmal zu machen."

Damit war alles gesagt.

Am anderen Morgen traten sie die Heimreise an und erreichten schließlich ohne Zwischenfälle ihr Dorf.

„Oma, bist du traurig, dass ich wieder abgeholt werde?", fragte mein Enkel mich völlig überflüssigerweise.

„Ja, schon, aber das ist nun einmal so."

„Ich bin auch traurig, Oma, aber ich komme ja wieder und dann..." Es folgte eine Aufzählung all der Dinge, die wir dann tun würden.

„Aber ich habe einen Wunsch, Robin!"

„Was denn, Oma?"

„Ich wünsche mir von dir zum Abschied einen kleinen Glücksbringer!"

„Den sollst du bekommen, Oma!", beteuerte Robin großzügig und damit rückten die Gedanken an den nahen Abschied erst einmal wieder in den Hintergrund.

Am Nachmittag machte er sich dann auf den Weg in die „City".

Am nächsten Tag, als seine Eltern kamen um ihn abzuholen, hatte ich in dem allgemeinen Trubel den kleinen Glücksbringer schon wieder vergessen. Robin aber nicht!

Als ich am Abend in mein Zimmer ging, fand ich auf meinem Kopfkissen ein kleines gläsernes Herz – innen rosa und golden –,

daneben lag ein Zettel : „Du hast dir einen Glücksbringer gewünscht, du sollst ihn haben. Dein Robin. "
Ich muss gestehen, dass ich zu Tränen gerührt war. Dieses Herzchen liegt seitdem immer auf meinem Nachtschrank und begleitet mich auf allen meinen Reisen.

Einkauf in Agadez

Iris lebte nun schon einige Wochen bei den Tuareg und fühlte sich richtig wohl. Sie hatte viel gehört und gesehen, was für ihr Buch von großem Nutzen war. Die Sprache der Tuareg - Tamaschek - beherrschte sie jetzt schon viel besser und brauchte nicht mehr bei jedem Wort lange überlegen. Auch an den wiegenden Gang der Kamele hatte sie sich gewöhnt und landete nicht mehr im Sand. Aber manchmal sehnte sie sich auch nach ihrer Heimat. Es wurde Zeit, dass sie an die Rückreise dachte. Sie dachte an ihren kleinen Enkel Rafael, dem sie so viele Geschichten zu erzählen hatte. Sie beschloss also, nach Deutschland zurück zu fliegen. Vorher wollte sie aber noch einmal nach Agadez, um den Silberschmieden bei der Arbeit zuzusehen und einige Stücke zu kaufen.

Vor allen Dingen sollte Rafael ein „Gri-gri" von ihr bekommen.

„Maleika" sagte Iris „ob ich Malik bitten kann, noch einmal mit mir nach Agadez zu reiten? Er kennt dort doch sicher einen Silberschmied, von dem ich einige Schmuckstücke kaufen kann."

„Das macht er bestimmt", sagte Maleika.

Und Malik war damit einverstanden. Maleika, die genau wusste, welchen Schmuck die Tuareg-Frauen trugen, wollte Iris begleiten.

Malik machte sich also mit Ali und den beiden Frauen auf den Weg.

Iris setzte ihren gelben Strohhut mit dem Veilchenstrauß auf, band die Bänder unterm Kinn zusammen und los ging es.

„Sieh zu, dass du ihn nicht wieder verlierst", rief Omar.

„Keine Sorge", rief Iris zurück.

Ohne ihren Hut mochte sie nichts mehr unternehmen. Er war ihr Talisman.

In Agadez angekommen, ging Malik mit den Frauen zu dem Silberschmied Onkole, den er schon lange kannte. Ali war in der Karawanserei bei den Kamelen geblieben.

„Onkole", sagte Malik, nachdem er diesen freundschaftlich umarmt hatte, „wir möchten silbernen Schmuck bei dir kaufen, den diese weiße Frau mit nach Hause nehmen will."

Damit bedeutete er Iris, näher zu treten.

Eilig verschwand der Silberschmied hinter einem Vorhang und legte eine Auswahl auf den Tisch, Ketten, Ringe und Armbänder. Iris konnte ihre Begeisterung kaum verbergen, als sie die schönen Schmuckstücke sah.

Gemeinsam mit Maleika sah sie sich jedes Stück genau an. Das dauerte eine ganze Zeit, denn eines war so schön wie das andere. Schließlich entschieden sie sich für zwei Ketten, fünf Armreifen und einige Ringe. Iris hatte vor Aufregung einen ganz roten Kopf bekommen.

Als man sich einig war, verschwand Onkole wieder hinter dem Vorhang und kam mit einer Kanne süßem Pfefferminz-Tee und Gläsern zurück.

„Ich brauche noch ein Amulett für Rafael", sagte Iris.

„Ein Gri-gri?" fragte Onkole.

„Ja, für einen kleinen Jungen."

Onkole griff in eine Schublade und legte ein oval geformtes Stück aus massivem Silber vor Iris hin. Es hing an einem Lederband und war mit einer Gravur versehen.

„Was bedeutet das?" fragte Iris und zeigte auf die Gravur.

„Es soll die bösen Geister fernhalten", murmelte Onkole.

Wie alle Tuareg, glaubte er an die guten und bösen Geister der Wüste.

„Nimm es, Iris", flüsterte Maleika, „es ist genau richtig.

„Einverstanden."

Das Handeln um die Preise nahm dann eine geraume Zeit in Anspruch und wurde von Malik übernommen. Nachdem er Onkole dann erzählte, dass Iris im nächsten Jahr wiederkäme und dann bestimmt noch mehr von ihm kaufen würde, erzielte er einen guten Preis.

Glücklich packte Iris alles in ihre Tasche und man verabschiedete sich im besten Einvernehmen.

Jeder war überzeugt, ein besonders gutes Geschäft gemacht zu haben.

Sie gingen zurück in die Karawanserei. Ali hatte inzwischen die Kamele versorgt und Proviant und frisches Wasser herangeschafft. Malik hatte beschlossen, dass sie im Freien übernachten würden. Das erschien ihm sicherer.

Auch daran hatte Iris sich inzwischen gewöhnt. Die Kälte machte ihr nichts mehr aus; denn dafür sah sie einen Sternenhimmel, den sie sonst nirgendwo sehen konnte.

Am nächsten Morgen bestiegen sie ihre Kamele und ritten weiter. Durch die Wärme und das gleichmäßige Schaukeln ihres Kamels schlief sie einen Augenblick fast ein.

Sie wurde jedoch plötzlich ganz unsanft geweckt, als ihr Reitkamel einen gewaltigen Satz machte. Iris konnte sich nicht halten und flog in hohem Bogen aus dem Sattel. Gleichzeitig knallte ein Schuss. Es war Malik, der geschossen hatte. Als Iris benommen aufblickte, sah sie eine tote Viper vor den Hufen ihres Kamels liegen. Deswegen hatte ihr Kamel also einen solchen Satz gemacht. Besorgt beugte Malik sich über Iris.

„Hast du dich verletzt?"

„Mein rechter Fuß", stöhnte Iris.

Auch das noch. O nein aber auch! Jetzt würde wohl nichts aus der Heimreise.

„Du hast dir den Fuß verstaucht", sagte Malik.

„Gebrochen ist er nicht. Allah sei Dank."

Und sofort machte er sich daran, den Fuß fachmännisch zu verbinden. „Du wirst jetzt noch eine Weile bei uns bleiben. Deine Heimreise musst du verschieben." Iris wusste gar nicht, ob sie darüber so traurig war. Es kam, wie es kommen musste.

„Na, Iris", sagte Malik „so kannst du auch noch unser Reiterfest erleben. Das ist doch auch schön?"

„Es sollte wohl so sein", sagte Iris. Und trotz ihrer Schmerzen konnte sie schon wieder lachen. Sie ließ sich eben so leicht nicht unterkriegen.

Als sie ihr Dorf erreichten, war die Bestürzung groß. Ali erzählte die Geschichte mit der Viper und wie blitzschnell Malik wieder einmal reagiert hatte. „Wenn die mich gebissen hätte!" dachte Iris bei sich. Daran, was dann passiert wäre, mochte sie gar nicht denken.

„Hast du denn deinen Talisman nicht auf dem Kopf gehabt?", witzelte Omar und zeigte auf ihren gelben Strohhut mit dem Veilchenstrauß.

„Doch", antwortete Iris, „aber ich soll wohl noch etwas länger bei euch bleiben."

So kam es, dass Iris ihre Heimreise noch etwas verschieben musste.

„Oma, wie lange kannst du noch in Hamburg bleiben, ist es möglich, dass du erst Montag nach Hause fährst?"

Erwartungsvoll blickte mich Robin an.

„Bitte, Oma. Wir haben doch am Sonntagnachmittag ein Handballturnier und ich möchte so gern, dass du zuschaust!"

Das brachte nun meine Pläne etwas durcheinander, aber wie immer konnte ich meinem Enkel nicht widerstehen.

„Na, dann lass uns mal schnell bei Opa anrufen!"

Blitzschnell kam er mit dem Handy angelaufen und genauso schnell war die Sache geklärt. Wir fuhren am Sonntagnachmittag gemeinsam zum Turnier. Die Stimmung in der Sporthalle war richtig aufgeheizt. Spannung lag in der Luft. Aufgeregt verfolgte ich, wie mein Enkel auf das gegnerische Tor zu rannte und – traf! - Doch kurz darauf saß er für zwei Minuten auf der Strafbank. Für meine Begriffe natürlich völlig unberechtigt. Was für ein Trainer ! Aber so ist das, Handball ist eben ein schnelles Spiel und an dem Nachmittag *wurden noch viele Tore geworfen und es saß noch so mancher Spieler für zwei Minuten auf der Strafbank.*

Das Fazit dieses spannenden Nachmittags war der zweite Platz.

Darauf könnt ihr stolz sein, Glückwunsch!"

„Der erste Platz wäre uns lieber gewesen!", maulte mein Enkel.

„Ich denke, das geht allen so, jeder möchte bei Wettkämpfen der Erste sein, sogar in der Sahara." Dabei blinzelte ich Robin zu und er wusste, dass er am Abend wieder eine spannende Geschichte erwarten konnte.

Das Reiterfest

Es herrschte große Aufregung im Dorf.

„Sie kommen", rief Omar, der vor dem Dorf Ausschau gehalten hatte.

„Wo?", fragte Iris.

Omar deutete mit der Hand zum Horizont. Jetzt konnte auch Iris sie sehen. Eine Gruppe dunkel gekleideter Männer ritt in schnellem Tempo auf das Dorf zu. Der Abstand wurde schnell geringer. Wenn ich die Tuareg nicht kennen würde, bekäme ich es jetzt mit der Angst zu tun, dachte Iris bei sich. Tatsächlich wirkten die heranreitenden Tuareg, die ganz in dunkelblau gekleidet waren und von deren Gesichtern nur die Augen zu sehen waren, furchteinflößend. Dieser Eindruck wurde noch durch die langen Schwerter, die sie bei sich trugen, verstärkt.

Und dann waren sie plötzlich da. Die Luft war von Stimmengewirr erfüllt. Überall wurden Zelte aufgebaut. Iris konnte nur staunen, wie schnell das alles ging.

„Du bist also Iris", wurde sie plötzlich angesprochen.

Iris blickte zu dem großen Targi auf.

„Ich bin Mahmud, wir haben schon viel von dir gehört", sagte er lachend. Das wunderte Iris nicht; denn obwohl es kein Telefon in der Wüste gab, sprachen sich Nachrichten immer schnell herum.

„Wie geht es deinem Fuß?"

„Es geht ihm schon besser", antwortete Iris.

"Und das ist also der Hut, der dir das Leben gerettet hat", damit deutete er auf den gelben Strohhut mit dem kleinen Veilchenstrauß.

In der Wüste blieb also nichts verborgen.

Inzwischen war ein großes Lagerfeuer entfacht worden und es wurde ausgiebig gegessen.

Später saßen alle Frauen zusammen und feuerten die Männer zum Tanzen an. Und zum Tam-Tam der Trommeln begannen die Männer zu tanzen. Gebannt schauten die Frauen zu, wie schnell und kraftvoll die Männer sich um das Feuer bewegten und wie sie dabei mit ihren Schwertern um sich schlugen, ohne jemanden zu verletzen.

Und dann begannen die Frauen zu tanzen.

Das ging die halbe Nacht so. Iris bedauerte, dass sie nicht mittanzen konnte. Aber das erlaubte ihr Fuß nicht. Sie musste immer noch durch das Dorf humpeln.

„Maleika", flüsterte sie „wenn ich nicht vom Kamel gefallen wäre, hätte ich das alles nicht erlebt."

„Es sollte wohl so sein", antwortete Maleika lächelnd.

Am nächsten Morgen rüsteten sich die Männer zum Wettreiten und verschwanden auf ihren Kamelen in der Wüste. Ein paar Stunden später kamen sie zurück.

Gespannt beobachteten die Dorfbewohner, wer wohl als Erster das Ziel erreichen würde. Der

Sand wirbelte um die Hufe der Kamele, während die Reitergruppe immer näher kam. Langsam aber sicher schob sich ein Kamel nach vorne.

Es war Malik, der triumphierend sein Schwert in die Höhe hob, als er das Ziel als erster erreichte. Ihm folgte Omar.

„Eines Tages wirst du der Erste sein, mein Sohn", sagte Malik stolz.

Das Fest dauerte drei Tage. Es wurde geritten, mit Schwertern gekämpft, getanzt, gelacht und gesungen.

„Wie oft werde ich das noch erleben", dachte der alte Jussuf. Ein bisschen wehmütig dachte er an die Zeit, als er noch mitkämpfen konnte. So manchen Sieg hatte er errungen. Doch das Zuschauen hatte ihm auch Freude gemacht.

Ja, und dann war alles vorbei. So plötzlich, wie es begonnen hatte. Die Ruhe im Dorf war fast unheimlich.

Iris war glücklich, dass sie das alles miterleben durfte. Das Reiterfest würde einige Seiten ihres Buches füllen. Und traurig dachte sie daran, dass sie nun bald Abschied nehmen würde. Aber sie würde im nächsten Jahr wiederkommen.

Wieder einmal war ich zu einem Kurzbesuch in Hamburg und wartete auf meinen Enkel, der jeden Augenblick aus der Schule kommen würde. Der Tisch war gedeckt, das Mittagessen fertig.

„Hallo Oma", meldete sich Robin kurz und ließ krachend seine Schultasche zu Boden fallen. Wolkenstimmung, kommentierte ich im Stillen.

„Wir können essen", sagte ich und forderte ihn freundlich auf sich zu setzen.

„Was ist denn los? Hast du eine schlechte Arbeit geschrieben?" Das Essen würde wohl noch eine Weile warten müssen, registrierte ich im Stillen.

„Oma, stell wir mal vor, was an unserer Schule passiert ist, zwei Klassen höher", brach es schließlich aus ihm heraus.

„Erzähl es mir ganz einfach!"

„Da ist ein Junge. Markus heißt er, und der hat von seinem Opa einen alten Kompass geschenkt bekommen. Der Opa ist nämlich früher zur See gefahren. Und diesen Kompass hatte er in seiner Tasche mit zur Schule gebracht, weil er nachmittags mit seinen

Freunden eine Exkursion machen wollte. Während der großen Pause hat nun einer seiner Freunde zufällig gesehen, wie ein Junge aus einer anderen Klasse sich an Markus' Schultasche zu schaffen machte.

„Lauf mal schnell in die Klasse und sieh nach, ob noch alles in deiner Tasche ist, Markus", forderte der Freund ihn auf. Als Markus zu seinem Platz kam und seine Tasche öffnete, war der Kompass weg!

Die Empörung war Robin anzuhören.

„Und dann?", ermunterte ich ihn weiter zu sprechen.

„Ja und dann hat Markus sich den Jungen gegriffen, obwohl der älter war, und wollte ihn so richtig verprügeln. Aber seine Freunde haben ihn festgehalten, damit er nicht ausrastete. Keine Selbstjustiz, das ist Sache der Polizei, haben sie gesagt, und sind mit ihm zu seinem Lehrer und anschließend zum Rektor gegangen."

„Kluge Entscheidung. Und wie ist die Sache ausgegangen?"

„Der Kompass wurde bei dem Jungen gefunden. Ob die Polizei noch geholt wurde, *weiß ich nicht. Auf jeden Fall muss der Junge jetzt mit einer Menge Ärger rechnen!",* beendete mein Enkel – jetzt schon wesentlich ruhiger – seinen Bericht.

„Da kann der Markus seinen Freunden aber dankbar sein, dass sie ihn daran gehindert haben, auf den Dieb einzudreschen. Das wäre mit Sicherheit der falsche Weg gewesen. Leider passieren solche Sachen immer wieder, nur sollte man sich dann nicht von seiner Wut beherrschen lassen. Auch wenn das in solchen Situationen verdammt schwerfällt.

„Oma, du hast verdammt gesagt!"

„Stimmt! Aber jetzt wollen wir erst einmal in Ruhe essen."

Omar

Seit Iris' Abreise war fast ein Jahr vergangen. Alle im Dorf vermissten die kleine Frau mit dem gelben Strohhut. Eines Tages erhielt Malik einen

Brief. Ein deutscher Geologe, der in Agadez weilte, hatte ihn mitgebracht und einem Tuareg übergeben. Iris schrieb, wie begeistert man in ihrer Heimat von dem Tuareg-Schmuck war, dass sie bald wiederkommen würde und einen großen Auftrag für Onkole hätte. Sie wolle in Deutschland mit dem Silberschmuck eine Ausstellung eröffnen.

Diese Idee fand große Anerkennung im Dorf.

„Ich wusste gleich, dass diese Frau klug ist", murmelte Jussuf.

„Vater", sagte Omar, „wir sollten Onkole davon in Kenntnis setzten, damit er genügend Stücke vorbereitet, bis Iris hier ist."

„Ja, das denke ich auch."

Jedes Teil wurde schließlich von Hand gearbeitet und erforderte viel Zeit.

Omar machte sich also auf den Weg. Er wollte außerdem etwas Schönes für Aminah kaufen; denn sie wollten bald heiraten.

Es waren zwei Tage vergangen. Plötzlich herrschte große Aufregung im Dorf.

„Malik", rief ein Tuareg, der gerade von einem Ausritt zurückkam. Und da sahen es alle. Er führte ein Kamel mit sich, ohne Reiter.

Omars Kamel!

Was war geschehen? Wo war Omar?

„Ich habe es vor unserem Dorf eingefangen", murmelte der Tuareg niedergeschlagen. Von Omar keine Spur.

Malik wurde blass unter seiner braunen Haut. Doch sofort gewann er seine Ruhe zurück. Aufregung nützte hier gar nichts.

Ruhig und bestimmt suchte er die fähigsten seiner Männer für einen Suchtrupp aus.

„Seit unbesorgt, wir werden ihn finden", sagte er zu Maleika und Aminah, die in Tränen ausgebrochen war. Maleika nahm Aminah tröstend in ihre Arme und die Männer machten sich auf den Weg.

Sie schwärmten aus und ritten stundenlang, ohne Unterbrechung. Mit ihren scharfen Augen suchten sie die Wüste ab. Irgendwo musste doch eine Spur zu finden sein. Das gleißende Sonnenlicht konnte ihnen dabei nichts anhaben.

„Omar, wo bist du?" Es war Ali, der schließlich einen kleinen Stofffetzen fand. Er gehörte eindeutig zu Omars Umhang.

Jetzt wurde auch eine kleine Schleifspur im Sand sichtbar. Malik winkte seine Männer zu sich. Sie rückten jetzt enger zusammen und suchten weiter.

Malik sah schließlich als erster seinen Sohn in der Wüste liegen. Sein Kamel schien plötzlich durch den Sand zu fliegen. Er sprang aus dem Sattel und kniete gleich darauf neben Omar.

Es sah schlecht aus. Omar war bewusstlos und blutete aus einer Schusswunde an der rechten Schulter. Er musste schon viel Blut verloren haben, denn der Wüstensand um ihn herum war rot gefärbt.

Eine Schusswunde?

Doch darüber würde man sich später Gedanken machen. Jetzt musste erst einmal die Wunde versorgt werden.

In Windeseile öffnete Malik seine Satteltasche und holte Verbandszeug hervor. Er drückte eine Kompresse auf die Wunde, die er vorher mit einer Flüssigkeit tränkte. Ein altes Heilmittel der Tuareg. Nachdem die Wunde aufgehört hatte zu bluten, wurde Omar fachgerecht verbunden.

„Das hätten wir", murmelte er.

Er beugte sich wieder über seinen Sohn und wischte ihm den Schweiß und Schmutz aus dem Gesicht. Dann holte er seinen Wasserschlauch hervor und träufelte dem Verwundeten ein paar Tropfen ein.

Nach ein paar Minuten schlug Omar die Augen auf. Als er seinen Vater erkannte, wollte er etwas sagen.

„Später, mein Sohn", sagte Malik ruhig „keine Sorge, du bist jetzt in Sicherheit." Beruhigt schloss Omar erneut seine Augen.

Die Tuareg hatten inzwischen die Gegend nach Spuren untersucht. Sie hatten auch festgestellt, dass Omars Satteltasche fehlte. Das war gut! Daran befand sich nämlich ein ganz besonderes Gri-gri, das Onkole ihm einmal geschenkt hatte und an dem man sie als Omars Eigentum erkennen würde.

„Ich bringe Omar jetzt nach Hause", ließ sich Malik vernehmen.

„Sidi, du kommst mit!"

Weitere Worte waren nicht nötig. Die anderen Tuareg würden losreiten, um den Täter zu suchen. Als Malik in die grimmigen Gesichter seiner Begleiter blickte, wusste er, dass sie ihn auch finden würden. Diese Tat würde nicht ungesühnt bleiben.

„Wenn ihr ihn aufgespürt habt, wartet, bis ich wieder bei euch bin."

Mit diesen Worten bestieg er sein Kamel. Omar hatte er vor sich gesetzt und hielt ihn mit einem Arm umfangen. Die andere Hand hielt den Zügel.

„Komm, Sidi!"

Wortlos setzte Sidi sich in Bewegung. Es gab nicht viel zu sagen. Malik drängte es nach Hause zu Maleika.

Nachdem sie ein paar Stunden geritten waren, machten sie eine Rast und Sidi nahm Omar zu sich, damit Malik eine Weile unbeschwert reiten konnte. Omar sagte kein Wort. Er schien immer wieder einzuschlafen. Hin und wieder gaben sie ihm zu trinken. So wechselten sie sich gegenseitig ab. Kaum ein Wort wurde gesprochen. Sie ritten ohne Pause weiter und erreichten schließlich ihr Dorf.

Lautes Wehklagen setzte ein, als die Dorfbewohner Omar sahen. Malik hob gebieterisch die Hand und augenblicklich wurde es ruhig. Er trug Omar in sein Zelt, wo Maleika sich um ihren verwundeten Sohn kümmerte. Er hatte zwar viel Blut verloren, aber er war jung und würde bald wieder gesund werden.

„Vater", flüsterte Omar, der wieder zu sich gekommen war, „ich weiß eigentlich gar nicht genau, wie es geschehen ist. Plötzlich knallte ein Schuss und von da an weiß ich nichts mehr."

„Du hast niemanden sehen können?"

„Nein."

„Schlaf jetzt, mein Sohn, ich werde mich um alles andere kümmern."

Er sagte dies so entschlossen, dass Maleika angst und bange wurde.

Als er das Zelt verließ, wartete der alte Jussuf auf ihn. Er hatte den großen Zorn, der in Maliks Worten lag, gehört und ein Blick in Maliks erstarrtes Gesicht gab ihm Recht.

„Hör zu, mein Sohn", er hatte Malik schon lange nicht mehr so genannt „bedenke, was du jetzt tust. Du kannst alles gut machen, aber du kannst auch großen Schaden anrichten. Lass dich nicht von deinen Gefühlen übermannen."

Diese ernsten Worte schienen Malik zu erreichen. Er seufzte tief und nickte Jussuf wortlos zu.

Er bestieg sein Kamel und gemeinsam mit Sidi ritten sie zurück zu ihren Leuten.

An der Stelle, wo sie Omar gefunden hatten, wartete Machmed auf sie.

Die anderen Tuareg hätten die Gegend abgesucht und die Spur führe eindeutig in die Felsen, berichtete er. Malik wusste, dass er sich auf seine Leute verlassen konnte.

„Auf zu den Felsen", sagte er und nach kurzer Zeit sah man von den drei Reitern nur noch eine Sandfontäne.

Bei den Felsen wartete ein anderer Tuareg.

„Malik, unsere Leute sind ausgeschwärmt. Wir haben nur noch auf euch gewartet."

Und dann begann die Suche nach dem Täter. Die Tuareg bewegten sich völlig lautlos. Geschickt überwanden sie Hindernisse, die sich ihnen in den Weg stellten. Kein Stein durfte losgetreten werden, damit der Täter nicht auf seine Verfolger aufmerksam wurde. Unermüdlich untersuchten sie jeden Felsspalt. Plötzlich sah Malik, wie Sidi die Hand hob. Er hatte etwas gesehen. Geräuschlos bewegte er sich auf Sidi zu. Der deutete wortlos in die Tiefe. Und da saßen sie. Es waren zwei Männer, völlig ahnungslos. Sie erschraken heftig, als sie sich plötzlich von den Tuareg umzingelt sahen.

„Was wollt ihr", rief der eine entsetzt und ließ vor Schreck eine Satteltasche fallen, mit der er sich gerade beschäftigt hatte.

„Woher hast du die Tasche?" fragte Malik mit eisiger Stimme und hob die Tasche auf.

„Das ist meine", sagte der Mann trotzig.

Aber Maliks scharfe Augen hatten schon das Gri-gri entdeckt. Es war Omars Tasche.

Machmed wollte sich auf den Mann stürzen, aber Malik gebot ihm Einhalt.

„Ihr habt meinen Sohn angeschossen", sagte Malik mit vor Zorn bebender Stimme, „ und dafür werdet ihr bestraft werden."

Jetzt bekamen die Männer Angst.

„Fesselt sie", sagte Malik zu seinen Männern.

„Was habt ihr mit uns vor?", fragte einer der Männer, dem vor Angst die Knie schlotterten.

„Was hast du vor, Malik?", fragte auch Sidi.

Und da musste Malik plötzlich an Jussufs ernste Worte denken.

„Es sind weiße Männer, Sidi", sagte Malik, der Sidi beiseite genommen hatte.

„Wir werden nach Agadez reiten und sie der Polizei übergeben!"

Er sagte dies so entschlossen, dass keiner seiner Begleiter wagte, ihm zu widersprechen.

In Agadez erregte die Karawane großes Aufsehen. Aber Malik ließ sich in seinem Entschluss dadurch nicht beirren. Er ritt zu dem Haus, in dem die Polizisten ihren Dienst taten, und schilderte, was geschehen war. Als Beweisstück legte er Omars Satteltasche vor.

„Es liegt an euch, was ihr mit den Männern macht und wie ihr sie bestraft. Wären es Tuareg, wüsste ich, was ich zu tun hätte."

Damit drehte er sich um und überließ die beiden Banditen ihrem Schicksal.

Auf dem Heimweg war er sehr schweigsam. Er war immer noch voller Zorn, aber er war sicher, dass er das Richtige getan hatte.

Als sie ihr Dorf erreicht hatten, ging er sofort zu Jussuf. Der alte Mann blickte ihn fragend an. Malik berichtete ihm, wie er das Problem gelöst hatte.

„Das hast du richtig gemacht, Malik. Es ist gut, dass du deinen Zorn überwunden und nichts Unüberlegtes getan hast. Stolz und Zorn können manchmal sehr gefährlich sein", sagte Jussuf, der genau wusste, was in Malik vor sich ging.

Auch Maleika war sehr erleichtert.

„Es war richtig, Malik" sagte sie, „überlass die Sache der Polizei."

Malik setzte sich zu seinem Sohn, dem es schon etwas besser ging. Er hatte ihn rechtzeitig gefunden und das war die Hauptsache.

Alhamdulillah - Gott sei Dank.

„Robin, Opa wollte heute einmal mit uns einen Ausflug zu den Kleinenknetener Steinen machen. Was hältst du davon?", fragte ich meinen Enkel, als ich ihm das Frühstück ans Bett brachte. Erzieherisch richtig? Ich weiß es nicht. Im „Hotel Oma" aber erlaubt.

„Kannst du mir denn mal erklären, was das ist?", fragte mein Enkel interessiert.

„Bei den Kleinenknetener Steinen handelt es sich um Grabanlagen aus der Jungsteinzeit. In eines der Gräber kann man sogar hineinsteigen."

„Toll Oma, dann nehmen wir aber meine beiden Sprechfunkgeräte mit, du weißt ja, für alle Fälle!"

„Eine gute Idee!"

Die beiden Geräte hatte Robin nämlich mitgebracht und wartete nun schon seit Tagen darauf, sie einsetzen zu können.

Am Nachmittag fanden wir uns dann, versehen mit einem großen Picknickkorb, einem Fotoapparat und den beiden Sprechfunkgeräten, in den Grabanlagen wieder. Robin gab uns einen Einweisungskurs, wann wir welchen Knopf zu drücken hätten und dass das Wort für den Katastrophenfall MAYDAY lautete, und zwar international!

Und so funkten wir uns fröhlich durch die Grabanlagen und den Nachmittag. Außer einem kräftigen Plumps auf das Hinterquartier meinerseits und ein angekratztes Knie von Robin blieben uns aber weitere Katastrophen erspart.

Es kann aber auch anders sein und manchmal erweist sich ein solches Sprechfunkgerät tatsächlich als Retter in der Not!

Iris und der Jeep

Es waren einige Wochen vergangen und Omar war wieder völlig gesund. Im Dorf bereitete man Omars Hochzeit mit Aminah vor und wartete auf Iris, die selbstverständlich eingeladen war. Sie musste nun bald eintreffen. Malik wartete auf eine Nachricht von ihr, damit er sie in Agadez abholen konnte. Alle im Dorf freuten sich auf die kleine, muntere Frau mit ihrem gelben Strohhut. Eine Hochzeit ohne Iris? Nicht vorstellbar.

„Noch immer keine Nachricht, Malik?" fragte Jussuf.

„Nein!"

Doch eines Abends, kurz vor Einbruch der Dunkelheit, kam ein Junge aus dem Dorf atemlos angerannt.

„Kommt mal schnell", rief er und machte sofort wieder kehrt. Bestürzt rannten alle hinter ihm her.

„Seht nur", rief er aufgeregt und deutete mit seiner kleinen Hand in die Ferne.

Ja, und dann sahen es alle. Eine riesige Sandwolke, die nichts erkennen ließ, bewegte sich blitzschnell auf sie zu und wurde immer größer.

„Bei Allah", murmelte Omar „was ist das denn?"

„Das ist ein Jeep", schrie Ali und jetzt konnten auch die anderen das Gefährt in der Sandwolke erkennen.

„Unglaublich", murmelte Malik, als er die Fahrerin des Wagens erkannte. Zuerst sah er nur den gelben Strohhut, aber wo der war, musste auch Iris sein.

„Da bin ich", rief diese strahlend und brachte mit quietschenden Bremsen den Jeep zum Stehen. Dann sprang sie heraus und begrüßte ihre Freunde.

Nach ihr stieg noch ein junger Tuareg aus dem Wagen. Malik erkannte in ihm Tamko, einen Sohn des Silberschmiedes Onkole aus Agadez.

„Da staunt ihr, nicht wahr? Ich konnte ja schließlich nicht alleine mit meinem Jeep durch die Wüste fahren und so habe ich Onkole um Rat gefragt und der hat mir Tamko als Wegweiser und Bewacher mitgegeben."

Malik hatte inzwischen seine gewohnte Ruhe wiedergefunden und begrüßte die deutsche Freundin herzlich. Er hieß sie im Namen seines Stammes willkommen und bot ihr erneut dessen Gastfreundschaft an.

Iris dankte ihm ebenso ernst und würdevoll.

Danach entluden sie ihren Jeep und brachten das Gepäck in ihre Hütte, die von Maleika zum Empfang liebevoll hergerichtet war. Nachdem Iris Jussuf begrüßt und ihre Mitbringsel verteilt hatte, setzten sich alle zusammen. Es war längst Nacht geworden. Doch was machte das schon?

Es gab schließlich so viel zu erzählen!

Am nächsten Tag war natürlich der Jeep der Mittelpunkt des ganzen Dorfes. Sogar Omars

Hochzeit mit Aminah rückte für ein paar Stunden in den Hintergrund.

„Iris", ließ sich der alte Jussuf vernehmen „das ist ja alles gut und schön, aber was machst du, wenn diese Maschine mal kaputt ist?"

„Dann bringe ich den Wagen in eine Werkstatt!"

„Aha", murmelte Jussuf und Omar ergänzte: „Wenn eine in der Nähe ist!"

Iris wusste genau, worauf die beiden anspielten.

„Für den Katastrophenfall habe ich zwei Funkgeräte dabei."

Jetzt zeigte sich Jussuf interessiert; denn wenn er auch schon alt war, hieß das nicht, dass ihn neuartige Dinge nicht interessierten. Er traute ihnen eben nur nicht so recht.

Doch Iris setzte sich zu ihm und erklärte ihm geduldig, wie man ein Funkgerät bediente und wie wichtig das sei, sollte man einmal in eine Notsituation geraten.

Derweilen gingen Omar und sein Freund Ali immer um den Jeep herum und Iris konnte an ihren Gesichtern ablesen, was sie dachten.

„In Ordnung" sagte sie „wenn ihr Lust habt, können wir morgen ja einmal eine Probefahrt machen!"

Sie blickte fragend zu Malik hinüber und der nickte ihr zu.

Omar und Ali waren begeistert und am nächsten Morgen, wie nicht anders zu erwarten, früh auf den Beinen. Sie packten ein paar Sachen zusammen und stiegen erwartungsvoll zu Iris in den Jeep. Iris setzte ihren gelben Strohhut mit dem Veilchenstrauß auf den Kopf, drehte den Zündschlüssel um, gab Gas und der Jeep setzte sich in Bewegung. Zunächst fuhr sie vorsichtig, bis sie eine Piste erreicht und damit festen Sand unter den Rädern hatte. Und dann ging es richtig los. Omar und Ali zurrten ihre Schleier fest vor das Gesicht; denn der Fahrtwind wirbelte den Sand kräftig durch die Luft. Auch Iris hatte sich ein Tuch vor Mund und Nase gebunden.

Die Wüste schien an ihnen vorbeizufliegen. Immer wieder stellten sich ihnen Steine in den Weg, denen Iris jedoch geschickt auswich. Ja, fahren konnte sie, und unwillkürlich fiel ihr ein, wie Omar einmal gelacht hatte, als sie vom Kamel fiel.

„Zeit für eine Pause", verkündete Iris. Sie drosselte das Tempo und hielt nach einem geeigneten Rastplatz Ausschau. Schließlich entdeckten sie einen überhängenden Felsen, unter dem sie rasten konnten und der sie vor der sengenden Sonne schützen würde.

Die drei stiegen aus und machten es sich bequem. Sie holten ihre Gerba- Wasserschläuche hervor und erfrischten sich. Ohne Gerbas war man in der Wüste verloren.

„Iris, dürfen wir………?"

Iris hatte die Frage schon erwartet.

Omar ließ seinem Freund Ali den Vortritt. In aller Ruhe erklärte Iris den beiden jungen Männern, wie man einen Jeep startet und fährt.

„Immer langsam, Ali, nicht zu viel Gas und vergiss nicht, der Jeep hat auch eine Bremse!"

Gemächlich und freudestrahlend, gelegentlich mit einem kleinen Ruck, fuhr Ali über die Piste.

„Du machst das gut Ali", ermunterte Iris ihn.

Nachdem er eine Weile zügig gefahren war, stoppte er den Jeep und Omar war an der Reihe.

Der startete und nach kurzem Stottern setzte sich der Wagen in Bewegung. Aber anders als Ali gab er ordentlich Gas. Der Jeep flog förmlich davon.

„Omar", rief Iris, die neben ihm saß und bestimmt nicht ängstlich war, „nimm den Fuß vom Gas! Denk an die vielen Steine!"

Doch Omar lachte nur und wich, wie vorher Iris, den Steinen geschickt aus. Es kam, wie es kommen musste. Plötzlich krachte es und sie saßen fest. Den Steinen war Omar ausgewichen, aber das Loch hatte er nicht gesehen. Von dem Ruck wurden die drei durchgerüttelt und Iris schlug mit dem Kopf gegen die Scheibe. Benommen blieb sie einige Augenblicke sitzen.

Der Schrecken war groß.

Bei Allah, bist du verletzt", schrie Omar.

Iris richtete sich auf und betastete ihre Stirn, an der sich sofort eine dicke Beule bildete.

„Es geht schon", murmelte sie und richtete sich taumelnd auf.

Die Schuld lag bei ihr, sagte sie sich, sie hätte die jungen Männer nicht fahren lassen dürfen. Was würde Malik sagen?! Doch das sollte im Moment ihre größte Sorge nicht sein. Benommen kletterten die drei aus dem Jeep.

„Oh nein aber auch", stammelte Iris, als sie den Wagen untersuchte. Der saß mit gebrochener Achse fest. Das war es dann wohl! Schluss mit lustig.

Als sie dann aber in Omars Gesicht blickte und sah, wie todunglücklich er war, versuchte sie ihn zu trösten.

„Das hätte mir auch passieren können, Omar. Ich habe das Loch auch nicht gesehen."

„Es ist aber mir passiert!" Sein Stolz war aufs Tiefste verletzt.

„Viel wichtiger ist, wie wir jetzt Hilfe herbeischaffen!"

Das hatte ihr gerade noch gefehlt. Ein Achsenbruch und ein im Stolz verletzter Tuareg! Omar saß mit finsterem Gesicht an den Wagen gelehnt da. Plötzlich hellte sich seine Miene auf.

„Iris, dein Sprechfunkgerät!"

„Ich habe es nicht mitgenommen", bekannte Iris kläglich.

„Aber ich", rief Omar stolz.

Er kletterte in den ramponierten Jeep und holte das Sprechfunkgerät hervor.

Was nützt uns ein Sprechfunkgerät, wenn....

„Jussuf", sagte Omar, „Du hast es ihm doch gegeben."

Das stimmte. Omar war jetzt wieder Herr der Lage.

Er reichte Iris das Sprechfunkgerät. Das war in Ordnung, wie Iris nach kurzer Überprüfung feststellte. Na, dann wollen wir mal sehen, wie viel Jussuf von dem behalten hat, was ich ihm erklärt habe, dachte Iris.

Sie betete im Stillen, dass sie nicht außerhalb der Reichweite waren. Aber nach ihrer Rast, hatten sie sich ja schon auf der Rückfahrt befunden. Es könnte also klappen.

Iris schaltete entschlossen das Gerät ein.

„MAYDAY, MAYDAY, MAYDAY" ließ sie ihren Notruf herausgehen.

Danach schaltete sie auf Empfang und wartete gespannt ab.

Da wird wohl nichts passieren, dachte sie niedergeschlagen.

Plötzlich richtete sie sich wie elektrisiert auf. Auch Omar und Ali waren hellwach, als ein Rauschen und Knistern aus dem Gerät zu hören war.

Aufgeregt wiederholte Iris ihren Notruf und schaltete sofort wieder auf Empfang. Ein neuerliches Rauschen und Knattern ließ sich vernehmen, dazwischen abgehackt, aber deutlich:

„Nicht MAYDAY, hier Jussuf!"

Nicht zu fassen!

„Jussuf", rief Iris glücklich, „ich übergebe an Omar!"

Omar klärte Jussuf kurz über ihre Lage auf und über den Standort, wo sie sich befanden.

Nun brauchten sie nur noch abzuwarten.

Nach ein paar Stunden tauchte dann am Horizont eine Reiterschar auf. Da wussten sie, dass Jussuf alles richtig verstanden und Hilfe auf den Weg geschickt hatte.

Es war Malik, der als erster die drei Unglücksraben erreichte.

„Wie konnte das passieren?"

Da half nur noch die Wahrheit, die von Malik erstaunlich gelassen zur Kenntnis genommen wurde.

„Für den Schaden müsst ihr aufkommen", wandte er sich an Omar und Ali.

Die beiden waren glücklich, so gut davongekommen zu sein.

Im Dorf wurden sie erleichtert begrüßt. Alle freuten sich, dass das Abenteuer so gut ausgegangen war. Um den Jeep würde man sich später kümmern.

Iris ging jedoch sofort zu Jussuf. Der saß vor seiner Hütte und strahlte sie an. Das Sprechfunkgerät lag neben ihm.

„O Jussuf", sagte Iris gerührt, „wir danken dir. Ohne deine Hilfe würden wir jetzt noch wer weiß wie lange in der Wüste sitzen."

Nachdenklich betrachtete Jussuf Iris Beule, die inzwischen noch an Größe zugenommen hatte und in allen Regenbogenfarben schillerte.

„Ihr habt großes Glück gehabt, Iris, Allah war mit Euch."

„Das weiß ich, Jussuf. In Zukunft werde ich mich wieder auf die Kamele verlassen. Die passen besser in die Wüste als ein Jeep und sind verlässlicher."

„Das ist gut, Iris, dann hast du deine Lektion ja gelernt."

„Aber das Sprechfunkgerät darfst du behalten. Du kannst ja gut damit umgehen und - man weiß ja nie!"

„Oma, wir sind zur Hochzeit von Papas Freund eingeladen."

„Das ist doch toll!"

„Ja, ganz toll, fein anziehen und so. Du weißt schon, weißes Hemd mit Fliege und so."

Daher wehte also der Wind. Das war nun wirklich nicht so Robins Ding. Er mochte es lieber leger, mit ausgefransten Jeans usw.

„Aber das ist doch nur für einen Tag. Außerdem könntest du da doch vielleicht auch etwas vortragen!"

„Aber Oma !" Der Vorschlag war eindeutig nicht gut.

„Ich würde mich da auf deine Mama verlassen, die hat doch einen sehr guten Geschmack und lässt dich bestimmt nichts anziehen, was du nicht magst."

„Stimmt, Oma, das macht sie nicht."

„Es ist es nun einmal üblich, dass man sich zu so feierlichen Anlässen, wie es eine Hochzeit ist, auch besonders gut anzieht. Das ist sogar bei den Tuareg so", fügte ich bedeutungsvoll hinzu.

„Eine Geschichte, Oma ???"

Die Hochzeit

Im Dorf herrschte reges Treiben. Die Tuareg bereiteten Omars und Aminahs Hochzeit vor. Die Aufregung über den missglückten Ausflug mit dem Jeep hatte sich gelegt und gehörte schon wieder der Vergangenheit an. Malik und seine Männer hatten den Jeep inzwischen aus der Wüste geholt und er stand wie ein Mahnmal mitten im Dorf. Was mit ihm geschehen sollte, würde man später entscheiden. Das hatte Zeit. Und davon hatte man viel. Inzwischen vergnügten sich die kleinen Kinder mit ihm. Es machte ihnen großen Spaß, hinein- und wieder herauszuklettern oder sich in ihm zu verstecken.

Es gab ja so viel zu tun. Omars Freunde bauten eine Hütte, in der er nach der Hochzeit mit Aminah wohnen würde, die Frauen bereiteten das Festessen vor und die Männer kümmerten sich um den Braten.

Am Abend saßen die Frauen dichtgedrängt beieinander. Aminah in ihrer Mitte. Die Männer hatten sich am anderen Ende des Dorfes versammelt. Die Luft war von Gelächter erfüllt. Schließlich begannen die Frauen in Vorfreude auf die Hochzeit zu tanzen und feuerten sich gegenseitig an. So ging es bis spät in die Nacht.

Am anderen Morgen war es dann soweit. Die Frauen machten Aminah für ihre Hochzeit schön. Sie umrandeten ihre Augen mit Kajal, färbten ihre Lippen, Handinnenflächen und Fußsohlen mit Henna und zogen ihr ein besonders schönes Kleid an. Dann bürsteten sie ihr langes, schwarzes Haar, bis es wie Seide glänzte. Als Maleika Aminah dann noch den Silberschmuck der Tuareg anlegte, brachen alle in laute Begeisterungsrufe aus. So eine schöne Braut hatte man schon lange nicht mehr gesehen!

Nur Iris verhielt sich merkwürdig still.

„Was ist los, Iris?", fragte Maleika. So still kannte sie ihre Freundin gar nicht.

Iris trat vor Aminah. In der Hand hielt sie ein kleines Kästchen und als sie dieses öffnete, kam eine wunderschöne, goldene Kette zum Vorschein. An der Kette hing ein goldenes, vierblättriges Kleeblatt und in dessen Mitte funkelte ein kleiner Brillant.

„Mein Geschenk für dich, Aminah, ein Gri-gri, möge es dir Glück bringen", flüsterte Iris und legte Aminah die Kette um den Hals, „aus meiner Heimat."

Ehrfürchtig bestaunten die Frauen das Geschenk. Aminah bedankte sich und strahlte vor Freude, Maleika nahm Iris gerührt in die Arme.

„Danke", flüsterte sie Iris ins Ohr.

Aber auch die Männer waren nicht untätig. Omar erschien in einem prächtig bestickten Bubu, wie man die weiten Mäntel der Tuareg nennt, und einem neuen Turban auf dem Kopf. Um die Taille trug er einen breiten, mit Silber beschlagenen Gürtel, an dem sein Tabuka - das Langschwert der Tuareg befestigt war.

Schließlich wurden Braut und Bräutigam zu Jussuf geführt. Der stand ernst und würdevoll vor seiner Hütte, in eine weiße Djellaba gekleidet. Jussuf ist schon einmal nach Mekka gepilgert, der heiligen Stadt der Muslime, und ist somit ein Hadji; denn nur ein Hadji darf eine weiße Djellaba tragen. Die anderen Männer trugen ihre dunkelblauen Djellabas mit dem Litham - dem Schleier, mit dem sie ihr Gesicht verhüllen. Es war ein farbenfrohes Bild, das Iris vor sich sah.

Jussuf hielt eine kleine Rede und erklärte Omar und Aminah schließlich für Mann und Frau.

Darauf brach großer Jubel aus. Das Hochzeitsfest konnte beginnen. Die Frauen buken Fladen, kochten Couscous, zu dem es frisches Gemüse gab, und formten aus Hirse-Mehl und Honig süß schmeckende, kleine Kügelchen. Die Männer drehten die Bratspieße und der Braten-Duft ließ den Hochzeitsgästen das Wasser im Mund zusammenlaufen.

Nach dem Essen wurde gesungen und getanzt. Und wieder einmal war Iris begeistert von dem Schwerter-Tanz der Männer. Wie schön, dass sie das alles erleben durfte!

Spät in der Nacht, als das Dorf zur Ruhe gekommen war, stand Iris noch einmal auf. Sie konnte nicht schlafen. Nachdem sie sich einen warmen Umhang um die Schultern gelegt hatte, ging sie leise vor das Dorf und setzte sich still auf einen Steinbrocken. Von hier aus hatte man einen schönen Ausblick in die Wüste. Gedankenverloren betrachtete sie die leuchtenden Sterne und bemerkte gar nicht, wie plötzlich lautlos ein Schatten aus der Dunkelheit auftauchte und sich neben sie setzte.

„Malik, du hast mich erschreckt", sagte sie, als sie erkannte, wer neben ihr saß.

„Ich werde jetzt bald in meine Heimat zurückfliegen. Aber vorher muss ich noch den Schmuck bei Onkole abholen. Du weißt ja, meine Ausstellung.

Und der Jeep muss auch noch in Ordnung gebracht werden."

„Das übernehmen wir, mach dir keine Gedanken."

„Danke. Es war eine schöne Hochzeit. Ich bin froh, dass ich sie miterleben konnte."

Und so saßen sie noch eine Weile einträchtig beieinander, der stolze Tuareg und die weiße Frau, die er einmal vor dem Verdursten bewahrt hatte.

„Wirst du wiederkommen, Iris?"

„Wenn du Großvater geworden bist, Malik, ganz bestimmt", lachte Iris und fügte in Gedanken hinzu, – „Inchallah - so Gott will -."

Die Ferien kamen und mit ihnen mein Enkel. Wieder einmal saßen wir am Forellenteich und hofften, dass unser Anglerglück uns auch heute nicht im Stich ließ.

„Oma, die Hochzeit war eigentlich doch ganz schön", begann Robin zu erzählen. „Und jetzt stell dir einmal vor – Sven wird Vater! Er hat Papa angerufen und es ihm erzählt. Also, ich finde das total cool. Die freuen sich richtig!"

„Das kann ich mir vorstellen. Sven wird bestimmt ein toller Vater."

„Das glaube ich auch, so lieb wie der auch immer zu mir ist."

Die nächste halbe Stunde verbrachten wir in einvernehmlichem Schweigen.

„Oma, es ist ziemlich kalt heute, findest du das nicht auch? Jetzt möchte ich mit dir in der Sahara sitzen und angeln, da ist es schön warm. Aber da gibt es ja leider keinen See."

„Doch Robin, auch in der Sahara gibt es Seen, denn tief unter der Sahara befindet sich ein riesiges Wasserreservoir, das die Seen füllt. Ob man da allerdings angeln kann, weiß ich nicht."

Mein Enkel war beeindruckt. Ein See in der Sahara!

Der See

„Ein Brief von Iris", rief Omar und wedelte mit dem Brief in seiner Hand. Er kam aus Agadez und hatte bei Onkole, dem Silberschmied, vorbeigeschaut. Iris hatte es sich zur Gewohnheit gemacht, ihre Briefe Leuten mitzugeben, die in die Sahara reisten und wundersamerweise erreichten diese auch immer ihr Ziel. Sie wurden bei Onkole abgegeben und dieser reichte sie dann weiter. Es dauerte manchmal etwas lange, aber sie kamen an. Und nun hielt Omar einen dieser Briefe in der Hand. Aufgeregt ging er damit zu Malik. Dieser öffnete ihn und las die in Tamaschek verfassten Zeilen.

„Was schreibt sie?", fragte Omar.

„Sie wird in Kürze zu uns kommen", antwortete Malik und man sah ihm die Freude an, die diese Nachricht bei ihm auslöste.

In Windeseile verbreitete sich die Neuigkeit im ganzen Dorf. Die Freude war groß, denn Iris gehörte schon fast zur Familie der Tuareg.

„Ich bin gespannt, was sie in ihrem Buch über uns geschrieben hat", nuschelte der alte Jussuf.

„Und ich, was sie wohl mit ihrer Schmuckausstellung erreicht hat", fügte Maleika hinzu. Sie erinnerte sich an die schönen, handgearbeiteten Stücke, die Iris bei ihrem letzten Besuch mitgenommen hatte.

„Da wird schon was herausgekommen sein, sie ist sehr geschäftstüchtig, unsere Iris", kicherte Jussuf vor sich hin.

„Und außerdem werde ich bald Großvater und da wollte sie hier sein", ergänzte Malik. Viele Gründe für Iris wiederzukommen.

Jetzt musste man eben abwarten, eines Tages würde sie da sein!

Und dann war es soweit!

„Sie kommt", rief Sinah, die vor dem Dorf Ausschau gehalten hatte.

„Mit dem Jeep oder dem Kamel?", witzelte Omar.

Im Nu waren alle auf den Beinen, um der kleinen Karawane entgegenzulaufen und eine erschöpfte, aber strahlende Iris zu begrüßen. Zwei Söhne von Onkole hatten sie begleitet.

„Ist das schön, wieder bei euch zu sein", rief Iris.
Am Abend, nachdem sich die erste Aufregung gelegt hatte, berichtete sie. Die Schmuckausstellung war ein großer Erfolg geworden. Sie hatte alles verkauft und einen ansehnlichen Betrag eingenommen. Voller Stolz überreichte sie Malik das Geld. Der war beeindruckt.

„Ich habe doch gesagt, dass sie eine tüchtige Geschäftsfrau ist", lachte Jussuf.

Er hatte wie immer recht.

„Und wann wirst du Großvater, Malik?", fragte Iris.

„Schon bald", antwortete Malik stolz.

Am nächsten Morgen ging Iris zu Jussuf und las ihm vor, was sie über die Sitten und Gebräuche seines Volkes geschrieben hatte. Wie versprochen, hatte sie nichts von dem Heiligtum der Tuareg verraten.

„Gut gemacht, Iris", sagte Jussuf.

„Es ist noch nicht fertig, aber ich glaube, es wird gut."

„Das glaube ich auch!"

„Hast du Lust auf einen Ausflug, Iris?", fragte Malik, nachdem eine Zeit vergangen war und Iris sich wieder an das Klima in der Sahara gewöhnt hatte. Er wusste doch, wie wissbegierig Iris war.

„O ja", rief diese begeistert.

„Also gut, morgen früh!"

Vor Morgengrauen brachen Malik, Iris, Omar und Ali auf.

„Ich dachte schon, den hättest du nicht dabei", lachte Omar und deutete auf den gelben Strohhut mit den blauen Veilchen, den Iris auf dem Kopf hatte.

„Du weißt doch, Omar, dass ich ohne diesen Hut nichts mehr unternehme. Schließlich hat er mir einmal das Leben gerettet."

Lachend setzte sich die Karawane in Bewegung. Sie ritten in Richtung der Felsen. Iris wusste nicht, was Malik für ein Ziel hatte. Sie wollte sich einfach überraschen lassen.

Als es Mittag wurde und die Sonne so richtig vom Himmel brannte, machten sie halt. Nachdem sie geschlafen und sich erholt hatten, ging es weiter. Die Felsen kamen immer näher. Iris war durch das gleichmäßige Schaukeln ihres Kamels fast eingeschlafen, als Malik plötzlich anhielt. Sie waren angekommen. Vor ihnen ragten gewaltige Felsen auf. Die Kamele knieten nieder und die Reiter ließen sich aus den Sätteln gleiten. Sie folgten Malik und kletterten über

Geröll und Steine. Plötzlich verschwand Malik in einer engen Felsspalte. Als Iris ihm nachging, sah sie sich auf einmal in einer riesigen, dämmrigen Höhle stehen. Nur wenige Sonnenstrahlen fielen von oben herein, dort, wo die Felsen fast zusammenstießen. Sie stolperte weiter und blieb wie angewurzelt stehen, als sie nach unten blickte.

„Ich glaube es nicht", hauchte sie.

Zu ihren Füßen breitete sich ein glasklarer See aus.

„Wie ist das möglich, Malik", fragte sie, „ein See?"

Stolz blickte Malik sie an. Das hatte er ihr zeigen wollen.

„Er wird von einer unterirdischen Quelle gespeist", sagte er.

Iris war für einige Augenblicke sprachlos, und das kam selten vor.

Inzwischen waren die vier nach unten geklettert. Iris zog ihre Stiefel aus und hielt einen Fuß in das klare Wasser.

„Oh, ist das kalt", rief sie überrascht und zog den Fuß schnell wieder heraus. Eigentlich wollte sie ja schwimmen, aber sie konnte sich schließlich vor den Männern nicht ausziehen. Schade!

„Das wolltest du mir also zeigen, Malik, ein Wunder der Natur", rief sie. Es wurde inzwischen immer dunkler.

„Wir müssen zurück", sagte Malik.

„Kommen wir noch einmal hierher?", fragte Iris.

„Wenn du möchtest."

„Ja", dachte Iris, das wollte sie und dann würde sie etwas mitnehmen, worin sie auch schwimmen konnte.

„Heute können wir nicht mehr zurück", sagte Malik, als sie wieder bei ihren Kamelen angekommen waren.

Sie entfachten ein Lagerfeuer und Iris bereitete Tee zu. Das heiße Getränk tat ihnen gut, denn inzwischen war es kalt geworden.

Nachdem sie gegessen hatten, wickelten sie sich in ihre Decken und legten sich zum Schlafen hin. Iris blickte zu den leuchtenden Sternen auf und konnte vor Aufregung lange nicht einschlafen.

Am anderen Morgen, vor Sonnenaufgang, machten sie sich wieder auf den Weg. Als sie endlich ihr Dorf erreichten, war es fast Nacht – und eine große Überraschung erwartete sie!

*„Schatz, ein Anruf für dich – Hamburg",
sagte mein Mann und reichte mir lächelnd
das Telefon.*

„Hallo Oma, geht es dir gut?"

„Danke, dir auch?"

*„Ja. Oma, stell dir vor, Sven hat ein Kind
gekriegt, ich meine natürlich seine Frau.",
korrigierte er sich hastig. „Einen Jungen, ist
das nicht toll? Das wollte ich dir nur eben
sagen. Und tschüss !!!"*

*So ist Robin. Telefonate mit ihm beschränken
sich stets auf das Wesentliche.*

*Das war wirklich eine schöne Nachricht und
ich freute mich mit Sven und seiner Frau und
wünschte dem kleinen Erdenbürger in
Gedanken ein glückliches Leben.*

Das Ereignis

„Was ist denn da passiert?", murmelte Malik, als
sie sich dem Dorf näherten.

Alle Mitglieder seines Stammes schienen sich am Eingang des Dorfes versammelt zu haben. Unbewusst trieb er sein weißes Mehari zu größerer Eile an. Die anderen folgten ihm automatisch.

Nur Iris konnte sich denken, was in ihrer Abwesenheit geschehen war. Aber Iris war auch eine Frau.

Als sie ankamen, trat der alte Jussuf aus dem Kreis der Wartenden hervor.

„Was ist los Jussuf, warum seid ihr alle hier versammelt?", fragte Malik den alten Mann.

„Malik", sagte Jussuf mit zittriger Stimme, „du bist Großvater geworden – ein Enkelsohn!"

Bei diesen Worten überzog ein Strahlen sein altes Gesicht.

Kaum hatte Omar diese Worte vernommen, schoss er wie ein Pfeil davon. „Ein Sohn", jubelte er und rannte zu seinem und Aminahs Zelt.

Als er durch den Eingang trat, lächelte ihn seine Frau glücklich an.

In ihren Armen hielt sie ein kleines Bündel.

Betroffen blieb Omar stehen.

„Dein Sohn, Omar!"

Sie streckte ihm die Arme entgegen. Ganz vorsichtig nahm Omar das kleine Bündel in seine Arme.

„Das ist mein Sohn? So klein?"

„Wie groß sollte er denn schon sein?", fragte Maleika, die unbemerkt hinzugekommen war.

Da musste Omar lachen.

„Du hast Recht, Mutter, groß wird er von selbst."

Voller Zärtlichkeit betrachtete er seinen Sohn. Vorsichtig strich er ihm mit der Hand über die schwarzen Löckchen, über die kleine Nase und den Mund.

„Er ist schön", sagte er und blickte Aminah voller Stolz an.

„Und gesund", antwortete diese, „und das ist die Hauptsache.

„Du wirst einmal einer großer, stolzer Targi", flüsterte Omar seinem Sohn zu. Als hätte der Kleine ihn verstanden, schlug er seine großen, dunklen Augen auf und blickte seinen Vater ernst an.

„Es wird Zeit, dass du deinen Großvater kennenlernst", sagte Omar und trat mit seinem kleinen Sohn aus dem Zelt.

Im Dorf war es plötzlich merkwürdig still. Es war, als ob alle die Luft anhielten. Sogar die Ziegen hörten auf zu meckern.

„Vater", sagte Omar mit bewegter Stimme, „hier bringe ich dir deinen Enkel."

Stolz hielt er seinem Vater seinen Sohn entgegen.

Malik nahm den Kleinen gerührt in die Arme. Sein Enkel! Welche Freude!

„Bitte Malik, darf ich ihn auch mal sehen", flüsterte Iris, die sich bis dahin im Hintergrund gehalten hatte.

„Natürlich, Iris", lachte Malik und beugte sich mit dem Kleinen zu ihr herunter.

„Ein echter Tuareg!", rief Iris spontan.

„Und eine gute Stimme hast du auch", fügte sie hinzu, als der kleine Mann plötzlich kräftig zu schreien anfing.

Wahrscheinlich war er es leid, von allen bewundert zu werden.

„Und nicht nur das", lachte Malik, der plötzlich feststellte, dass seine Arme seltsam warm und nass wurden.

Er übergab Maleika den Kleinen und diese ging mit ihm zurück zu seiner Mama. Iris folgte ihr, um Aminah von Herzen zu gratulieren.

Plötzlich brach großer Jubel aus. Alle scharten sich um Omar und Malik. Jeder gratulierte und wünschte Glück.

„Morgen wird gefeiert", rief Omar glücklich.

Den Rest des heutigen Tages wollte er allein mit Aminah und seinem Sohn verbringen.

Doch auch dieser ereignisreiche Tag ging zu Ende. Als die Dunkelheit hereingebrochen und es still im Dorf geworden war, ging Iris unbemerkt zum Eingang des Dorfes und setzte sich auf den großen Stein. Wie oft hatte sie hier gesessen und den Sternenhimmel betrachtet.

Sie erschrak nicht, als sie spürte, wie Malik sich plötzlich zur ihr setzte. „Was ist los, Iris?", fragte Malik und blickte die Freundin scharf an. Ihm entging nicht, dass sie irgendwie traurig war.

„Malik, ich habe dir einmal versprochen, dass ich wiederkomme, wenn du Großvater wirst. Und jetzt ist es tatsächlich so weit. Die Zeit vergeht so schnell und das macht mich nachdenklich. Ich habe gerade überlegt, wie oft ich hier wohl noch sitzen werde und wir alle beisammen sind."

„Du wirst noch oft hier sitzen, Iris", sagte Malik energisch.

„Alles andere liegt bei Allah."

„Ich habe übrigens eine Überraschung für dich."

„Ja?", fragte Iris leise.

„Wir haben einen Namen für meinen Enkel ausgesucht."

„So?"

„Bist du gar nicht neugierig?", fragte Malik verwundert.

„Doch, schon", sagte Iris ohne große Überzeugung.

„Wie soll er denn heißen, Malik? Omar, Jussuf oder wie?"

„Nein."

Nun wurde Iris doch neugierig. Malik stellte es mit Befriedigung fest. „Nun sag schon, Malik, spann mich nicht auf die Folter."

Na bitte, dachte Malik, das ist wieder die alte, vertraute Iris.

„Er wird Maraf heißen, Iris."

„Maraf", sagte Iris versonnen, „das klingt schön."

„Ja, das finde ich auch. Das Ma von meinem Namen – und das raf von Rafael, deinem Enkel, Iris. - Maraf."

Einen Augenblick lang sagte Iris nichts. Doch als sie sich der großen Ehre, die ihr da zuteilwurde, bewusst wurde, fing sie still an zu weinen. Sie konnte nicht anders.

„Oh, Malik", flüsterte sie, „ich weine, aber vor Freude."

„Das ist mir klar", antwortete Malik, „du bist uns eine liebe Freundin geworden und so wollen wir dir das zeigen."

„Danke", sagte Iris still.

Und plötzlich:" Was sagt Jussuf dazu?"

„Er findet den Namen schön und passend."

Plötzlich war alle Traurigkeit von Iris abgefallen. Etwas Schöneres konnte ihr nicht passieren.

„Wenn ich das nächste Mal komme, kann Maraf schon laufen", sagte Iris mit ihrer gewohnten Lebhaftigkeit.

„Inchallah", sagte Malik, wie er es gelernt hatte.

„So Gott will", fügte Iris still hinzu und beide wussten, dass sie gerade das Gleiche gesagt hatten, jeder in seiner Sprache.

Und dann saßen sie eine ganze Weile stumm nebeneinander, der große, dunkle Targi und die kleine weiße Frau.

Worte waren nicht mehr nötig, sie verstanden sich auch so.

„Wir sind eingeladen, über Weihnachten nach Hamburg zu kommen", rief ich meinem Mann zu und legte den Telefonhörer auf.

„Das ist schön, dann fahren wir doch hin. Aber bei dem Wetter besser mit dem ICE."

Also machten wir uns am Heiligen Abend vormittags auf den Weg. Wir hatten die Order, aus dem Zug auszusteigen und „stehen zu bleiben", bis sie uns gesehen hatten. Wer das Gewühl auf dem Hamburger Hauptbahnhof kennt, weiß, dass dies die beste Lösung ist.

Mein Enkel erspähte uns zuerst. „Oma, hier sind wir!" Es folgte eine herzliche Begrüßung und wir fuhren zum Haus unserer Kinder.

Am späten Nachmittag gingen wir zum Weihnachtsgottesdienst in den Michel. Diese

Kirche ist zu Weihnachten immer sehr voll, aber es ist dort eben auch besonders stimmungsvoll.

Später, nachdem wir ausgiebig und gut gegessen hatten – zu solchen Anlässen ist immer mein Schwiegersohn der Koch – saßen wir gemütlich zusammen.

Die Kerzen am Tannenbaum brannten und Weihnachtslieder klangen leise durchs Wohnzimmer.

Und dann folgte die Bescherung. Robin durfte die Päckchen, die mit Namen versehen unter dem Tannenbaum lagen, verteilen. Wie üblich waren die Geschenke mit Bedacht und viel Liebe ausgesucht worden. Papier raschelte und knisterte.

„Oma, das ist bestimmt von euch", rief Robin, nachdem er einen großen Bildband über die Tuareg ausgepackt hatte. Sofort begann er, darin herumzublättern.

„Ach Oma, erzähl mir doch bitte noch eine Geschichte heute Abend, am liebsten eine Weihnachtsgeschichte !" Dabei sah er mich so bittend an, dass ich unmöglich nein sagen konnte.

„Gut Robin", sagte ich, „noch eine l e t z t e Geschichte, eine Weihnachtsgeschichte."

Wüstenweihnacht

Jahre waren vergangen und Weihnachten stand vor der Tür. Da Iris in diesem Jahr allein sein würde, - ihre Kinder hatten andere Pläne - hatte sie beschlossen, zu ihren Freunden, den Tuareg zu fliegen. Sie waren zwar Muslime, aber das störte Iris nicht.
Zu ihrer großen Freude hatte ihr Enkel Rafael gefragt, ob er nicht mitkommen dürfe. Seine Eltern hatten sich damit einverstanden erklärt.

Iris konnte es immer noch nicht fassen. Mit ihrem Enkel, der inzwischen fast ein erwachsener Mann war, gemeinsam zu den Tuareg! Ein Traum wurde wahr.

So kam es, dass Iris jetzt neben einem gut aussehenden, großen jungen Mann – ihrem

Enkel – in einem Jet saß, der sie von Paris, wo sie zwischengelandet und umgestiegen waren, in einigen Stunden nach Agadez in der Republik Niger bringen würde. Iris, die sonst immer während des Fluges schlief, war diesmal so aufgeregt, dass sie kein Auge schließen konnte. Was würde Malik sagen?!

Sie hatte ihm zwar noch geschrieben, aber ob er die Post noch erhalten hatte?

„Madame, Monsieur, was möchten Sie trinken? Kaffee, Tee oder etwas Kaltes?", fragte die Stewardess freundlich.

„Zwei Kaffee, bitte", antwortete der „Monsieur", der seine Oma genau kannte.

„Bitte, Oma, der wird deine Lebensgeister wieder wecken", damit reichte er Iris eine Tasse Kaffee und nahm mit einem höflichen „Merci" die zweite entgegen.

„Rafael, wie gut, dass du Französisch als zweite Fremdsprache genommen hast. Damit kommst du bei den Tuareg gut klar."

„Da können wir nur hoffen, dass meine Kenntnisse ausreichen!", lachte Rafael.

Sie unterhielten sich während des Fluges noch über das Buch, das Iris im letzten Jahr herausgebracht hatte, ein Buch, in dem sie die Sitten und Gebräuche der Tuareg schilderte. Das Buch verkaufte sich mit großem Erfolg und der Erlös wurde zwischen ihr und den Tuareg geteilt.

So vergingen die Stunden.

Die Durchsage: "Bitte anschnallen, wir werden in Kürze in Agadez landen!", brachte Iris wieder in die Gegenwart zurück. Sie musste doch wohl kurz eingeschlafen sein. Es war soweit, sie waren angekommen. Als die Maschine ausgerollt war und die Passagiere die Kabine verlassen durften, erfolgte die üblich Prozedur. Nur war es diesmal Rafael, der alles für sie erledigte.

Sie gingen zum Ausgang des kleinen Flughafens, der erst seit ein paar Jahren bestand, aber eine große Erleichterung für Afrikareisende darstellte.

Sie blickten sich suchend um und plötzlich stand Malik vor ihnen. Er hob die Hände und begrüßte sie feierlich mit den Worten:

„Salam aleikum, Iris!

Salam aleikum, Rafael", was frei übersetzt bedeutet: „Der Friede sei mit dir."

„U aleikum salam, Malik", antworteten Iris und Rafael ebenso feierlich.

„Du bist also Rafael", sagte Malik und reichte ihm nach westlicher Sitte die rechte Hand.

„Es freut mich, dich endlich kennen zu lernen, Rafael."

„Ich freue mich auch riesig", entgegnete Rafael und blickte Malik dabei strahlend an.

„Meine Oma hat mir so viel von dir erzählt."

Iris, die die beiden beobachtete, wusste, dass sie sich verstehen würden. Das machte sie glücklich. Sie hatte es auch nicht anders erwartet.

Die beiden Männer nahmen das Gepäck und gemeinsam gingen sie zu Maliks Jeep.

Sofort stellte sich die alte Vertrautheit zwischen Iris und Malik wieder ein. Er hatte sich kaum verändert, nur etwas älter war er geworden. Aber sie war schließlich auch nicht jünger geworden. Bei diesem Gedanken strich sie sich unbewusst mit der Hand durch ihre grauen Haare.

„Gut siehst du aus, Iris", sagte Malik, der wie immer genau zu wissen schien, was sie gerade dachte. Zu Anfang ihrer Bekanntschaft hatte sie das irritiert, inzwischen hatte sie sich aber daran gewöhnt.

Nachdem Malik und Rafael das Gepäck verladen hatten, setzten sie sich in den Jeep und fuhren los.

„Es wird etwas eng werden", wandte sich Malik an Rafael, der hinten saß und nicht so recht wusste, wo er seine langen Beine lassen sollte.

„Das macht nichts, ich komme schon zurecht."

„Wenn du nicht mehr sitzen kannst, machen wir eine Pause, Rafael."

„In Ordnung."

Malik unterhielt sich mit Rafael auf französisch, womit dieser ganz offensichtlich gut zu Recht kam.

„Maleika freut sich schon sehr auf dich und alle anderen auch, vor allem der alte Jussuf!"

Ja, und dann konnte Iris ihre Neugier nicht mehr zügeln und Malik hatte Mühe, auf all ihre Fragen zu antworten. Obwohl Iris inzwischen die Sprache der Tuareg gut beherrschte, unterhielten sie sich französisch, damit Rafael ihrem Gespräch folgen konnte.

Doch nach einiger Zeit machten sich die Anstrengungen des langen Fluges bemerkbar und Iris wurde immer schweigsamer. Und während der Jeep über die Piste rollte, die Agadez mit der Sahelzone verband, fielen Iris die Augen zu.

„Zeit für eine kleine Pause, damit du deine Beine wieder einmal richtig ausstrecken kannst", wandte sich Malik leise an Rafael.

Vorsichtig, um Iris nicht zu wecken, verließen beide den Jeep.

„Malik, ist dein Enkel Maraf auch da?"

„Du wirst ihn kennen lernen", lächelte Malik. Nachdem sie sich ausreichend bewegt und einen Schluck Wasser getrunken hatten, fuhren sie weiter. Iris hatte von der kurzen Rast nichts mitbekommen. Sie schlief und wurde erst wach, als der Jeep mit einem Ruck zum Stehen kam. Sie waren angekommen und der Jeep war plötzlich von Menschen umringt. Alle waren da, um sie zu begrüßen. Sogar der alte Jussuf stand, auf seinen Stock gestützt, da und erwartete sie.

„Jussuf", wandte sich Iris zunächst an ihn, „ich möchte dir meinen Enkel Rafael vorstellen."

„Salam aleikum, Jussuf", sprach Rafael die Begrüßungsformel und verneigte sich höflich vor dem uralten Mann.

„U aleikum salam, Rafael", gab Jussuf ebenso höflich zurück.

„Ein gut erzogener Mann, dein Enkel", wandte sich Jussuf an Iris, deren Herz bei diesen anerkennenden Worten vor Freude hüpfte. Erst dann wurden alle anderen begrüßt.

Als sie zu Rafael blickte, sah sie, wie dieser aufmerksam einen jungen Mann beobachtete, der sich etwas abseits hielt. Plötzlich lächelte er und ging auf den jungen Mann zu.

„Du bist Maraf, stimmt es?".

„Richtig Rafael, Malik ist mein Großvater. Ich finde es toll, dass du mitgekommen bist!"

„Ich freue mich auch!" Sie schüttelten sich die Hände und es war offensichtlich, dass sie gut miteinander auskommen würden.

„Komm, Iris, du musst müde sein", mit diesen Worten führte sie Maleika, nachdem sich der allgemeine Trubel gelegt hatte, zu ihrem Lederzelt, wo sie für die nächste Zeit wohnen würde. Es hatte sich nichts geändert und Iris fühlte sich sofort wieder zu Hause.

„Um Rafael brauchst du dir keine Gedanken machen, Iris, der hat sein eigenes Zelt und ich denke, dass du nicht all zuviel von ihm sehen wirst. Er ist jetzt Marafs Gast, mehr oder weniger jedenfalls."

„Das sehe ich genauso und es freut mich sehr", entgegnete Iris lachend.

Es folgten Tage der Ruhe und Entspannung. Gemeinsam mit Malik, seinem Sohn Omar, Maraf und Rafael unternahm sie Ausflüge in die Wüste, allerdings auf Kamelen und nicht mit dem Jeep.

„Weißt du noch, Iris, wie du bei unserem ersten Ausritt vom Kamel gefallen bist", witzelte Omar.

„Erinnere mich nicht daran", sagte Iris lachend. Inzwischen hatte sie sich an die schaukelnden Bewegungen der „Wüstenschiffe" gewöhnt und wusste, wie man sich verhalten musste, um oben zu bleiben. Bei diesem Gedanken richtete sie ihren Blick auf Rafael, der sich erstaunlich gut hielt und keine Anstalten machte herunterzufallen.

„Der hat bestimmt heimlich „Fahrstunden" bei Maraf genommen", sagte sie zu Malik, der neben ihr ritt und ihrem Blick gefolgt war. Darauf mussten beide herzlich lachen.

Auf ihre Bitte hin suchten sie eines Tages auch die Felsengruppe auf, wo sie die alten Wandmalereien entdeckt hatten.

So gingen die Tage dahin. Iris hatte jedes Zeitgefühl verloren. Sie war zufrieden, so wie es war. Mit ihrem Enkel bei den Tuareg – ein Traum hatte sich erfüllt.

„Wir werden morgen ein Fest für euch bereiten", flüsterte ihr Maleika eines Morgens zu.

„Ein Fest ? Aber keiner von uns beiden hat Geburtstag."

„Lasst euch überraschen", lächelte Maleika geheimnisvoll.

Etwas anderes blieb ihr wohl auch kaum übrig. Plötzlich wurde sich Iris des geheimnisvollen Getues um sie herum bewusst. Vorher war ihr das gar nicht aufgefallen.

„Sag mal Rafael, weißt du, was hier los ist? Maleika hat etwas von einem Fest erzählt.Du bist doch immer mit Maraf zusammen. Hat der dir etwas erzählt?"

„Ich weiß nichts, Oma!", erklärte Rafael, wenig überzeugend, wie Iris fand. Sie kannte doch ihren Enkel, bedrängte ihn aber nicht mit weiteren Fragen, weil sie ihn nicht in Verlegenheit bringen wollte.

Am nächsten Tag herrschte im Dorf rege Betriebsamkeit. Ein großes Feuer wurde entfacht, ein Lamm geschlachtet und zum Braten auf einen Spieß geschoben.

Maleika machte sich an die Zubereitung einer großen Menge Couscus und andere Frauen bereiteten aus Datteln und Hirse süße Köstlichkeiten.

Iris stand bei allem daneben und ihre Hilfe wurde freundlich, aber bestimmt, abgelehnt.

Da sie sich ziemlich überflüssig vorkam, ging sie schließlich mit einem Buch unter dem Arm zum Rande des Dorfes und setzte sich auf einen großen Stein. Hier hatte sie früher oft gesessen und den Sonnenuntergang beobachtet. Ein Blick zum Himmel sagte ihr, dass es bald wieder so weit sein würde. Sie schlug ihr Buch auf, klappte es aber bald wieder zu, da sie sich nicht so recht konzentrieren konnte.

„Hier bist du also, komm, Iris, wir wollen gemeinsam essen", forderte Maleika sie zum Mitgehen auf. Gemeinsam essen hieß, dass Männer und Frauen getrennt saßen und der Gastgeber das Fleisch an seine Gäste verteilte. So war es bei den Tuareg Sitte.

Als Iris mit Maleika ins Dorf zurückkam, stellte sie verwundert fest, dass alle festlich gekleidet waren. Die Frauen saßen – wie auch die Männer – jeder in seinem Kreis beieinander. Iris und Maleika ließen sich zwischen den übrigen Frau nieder. Als sie sich suchend umblickte, sah sie, dass Rafael zwischen Malik und Maraf saß. Iris fühlte sich ein wenig beklommen, wusste sie doch, dass dieses Fest für sie und Rafael veranstaltet wurde - und mit einem Mal glaubte sie auch zu wissen, warum.

Malik kam auf sie zu, um ihr ein Stück Braten zu überreichen, danach dem alten Jussuf, dann Rafael und erst dann kamen die anderen Dorfbewohner an die Reihe.

Als sie den Duft des Bratens roch, merkte Iris erst, wie hungrig sie war. Herzhaft biss sie in das knusprige Fleisch. Als sei plötzlich ein Bann gebrochen, begannen alle zu essen. Dabei wurde erzählt und gelacht.

Nach der Tee-Zeremonie, die zu jedem Fest gehört, wollte Iris sich erheben und ein paar Worte des Dankes sprechen, wurde aber durch eine Geste Maleikas daran gehindert.

Jussuf, der Dorfälteste, hatte sich erhoben und kam, auf seinen Stock gestützt, auf Iris zu. Instinktiv stand auch sie auf.

„Iris, ich habe hier ein Geschenk für dich!
Ich habe es selbst gemacht."
Mit diesen Worten überreichte er ihr voller Stolz ein Päckchen. Iris blickte in seine erwartungsvollen Augen und entfernte mit

zitternden Fingern das Papier. Was sie dann sah, ließ ihr die Tränen in die Augen schießen. In ihren Händen hielt sie eine Krippe mit einem Jesuskind. Grob, aus Holz geschnitzt, aber doch unverkennbar.

„Wenn wir auch Muslime sind, Iris, wissen wir doch, dass heute der Christen schönster Feiertag ist – der Heilige Abend", sagte er mit seiner brüchigen Greisen-Stimme und ging wieder zu seinem Platz.

„Danke, Jussuf", konnte Iris nur noch flüstern und ließ, von ihren Gefühlen überwältigt, ihren Tränen freien Lauf. Wie lange und mit wie viel Mühe mochte der alte Mann mit seinen knotigen Fingern an diesem Geschenk wohl gearbeitet haben, fragte sie sich.

Plötzlich fühlte sie sich umarmt.

„Frohe Weihnachten, Oma!", flüsterte Rafael.

„Dir auch, mein Junge."

Sie lehnte den Kopf an die Schulter ihres Enkels. Wenn es doch nur auf der ganzen Welt so wäre, dachte sie und war sich im gleichen Augenblick darüber klar, dass dies für immer der schönste Heilige Abend ihres Lebens sein würde.

„Oma, ich komme bestimmt wieder hierher und Maraf wird mich auch besuchen. Das haben wir schon mit Malik besprochen. Danke, dass du mich mitgenommen hast."

War das vielleicht der Beginn einer neuen Freundschaft?!

Danksagung

Bedanken möchte ich mich zuerst bei meinen Kindern, die es ermöglicht haben, dass diese Geschichten gedruckt wurden.

Ein großes Dankeschön auch an meine Freundin Herta Urban, die niemals müde wurde mir zuzuhören und so einiges für mich recherchiert hat.

Mein besonderer Dank gilt meinem Enkel Robin, der mich zum Erzählen ermuntert hat und ohne den diese Geschichten nie erzählt worden wären.

Herstellung und Verlag:
BoD - Books on Demand, Norderstedt
ISBN 978-3-7357-2129-7